U0048199

百鬼夜行誌

塊陶卷

阿慢 著

眾人氣圖文作家～發抖相挺推薦序！

之前上節目等待錄影，旁邊坐著一位英俊瀟灑外表正常的青年，一經攀談之下，才知道他居然是網路上畫恐怖故事的阿慢！一直以為畫鬼故事的……應該是印堂發黑、雙眼掛著黑輪的人。沒想到陽光青年的外表下，都在半夜從事這麼好笑又恐怖的創作，真的不太正常……（喂喂）。身為一個每天上 PTT 飄板看鬼故事的鄉民，一定要推薦一下！這本同時讓你發寒與發笑的不太正常漫畫！

SANA

泡菜公主

我跟阿慢一樣都是伊藤潤二迷，也都很喜歡看阿飄的故事，第一次看阿慢畫的鬼故事，真的有種「從背後傳來冰冷感的可怕」！我也曾被阿慢的故事嚇到好多次，不太敢在半夜時看（雖然本人非常愛恐怖故事，卻是個膽小鬼 XDD）

推薦大家《百鬼夜行誌》【塊陶卷】，是夏天避暑的好書喔（？）

原本只有七月鬼門開，人間才會鬼魅橫行，沒想到有個來自臺南的部落客，卻讓人間 365 天「百鬼夜行」！帶給人歡笑又背脊發涼，閻羅王應該很想把這個紅通通的小鬼阿慢～招為地獄的觀光部長吧 XD

收看本作品，請做好收驚或是笑到抽筋的準備！

第一次看阿慢畫的鬼故事是〈理佳娃娃〉，流暢的故事節奏和不超過我限度的恐怖（太恐怖我不敢看 orz），讓我變成阿慢的忠實讀者。聽到他要出書真的很開心！在炎熱的夏季想清涼一下，阿慢的《百鬼夜行誌》【塊陶卷】絕對是你最佳消暑聖品噢！（笑）

話說，阿慢真的聽了我的要求，把我畫得非常可愛，眼睛跟黑洞一樣大，真深邃啊……

台灣伊藤潤二．阿慢的百鬼風格！

不得不說《百鬼夜行誌》【塊陶卷】對膽小鬼來說，根本就是一種凌遲！還好我不是膽小鬼，也沒有嚇到尿褲子，嗯？你說我的腿在發抖？呵呵那只是尿急抖了幾下而已別誤會。

出書真是件很辛苦的事情，但書大賣就一切都值得了！加油！

附帶一提，據說畫鬼故事的作家更容易吸引類似的靈場呢，阿慢辛苦了，請在房間貼滿護身符勇敢的活下去吧（笑）

前言

怎樣才算是恐怖呢？

對我來說，
最恐怖的，就是未知！
好比一扇你從未打開的門，
你不會知道在門後方，
等待的是什麼？

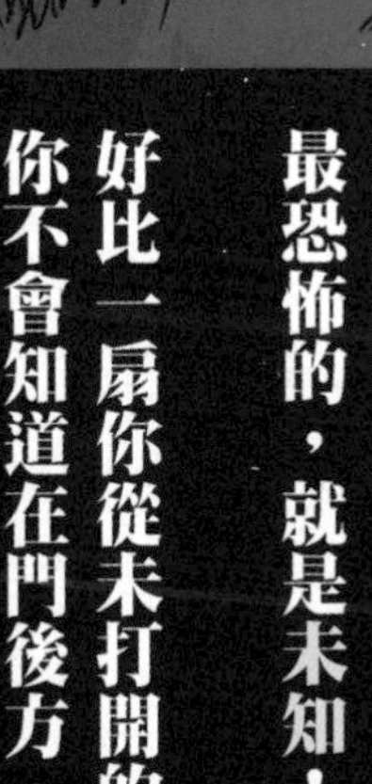

而人們對於那些未知的事情，
總是會好奇地想去碰觸，
這也就是為什麼明明知道鬼故事很恐怖，卻又忍不住想去聽，想去瞭解。

W.C
開錯門了……

各位讀者們，大家好！
我是百鬼夜行誌的作者 ——阿慢。

非常開心能夠在寫部落格多年之後，
完成出版恐怖圖文書的夢想！

由於小時候深受日本恐怖漫畫大師伊藤潤二影響，
讓我對都市傳說、鬼故事都非常感興趣，
像是有一股魔力，讓人無法自拔。

而我堅持的目標
「恐怖與搞笑只有一線之隔。」

更希望讓膽小的朋友，
也能輕輕鬆鬆享受詭異故事的魅力！

本書內容90%都來自讀者們提供的親身經歷改編而成，
將由我和朋友們串場演出，
希望大家會喜歡這本不同以往的圖文書！

最後，感謝大家購買這本書，
我會繼續努力，
畫出更多可怕又好笑的鬼故事，
謝謝你們!!!!!!!!

百鬼夜行誌
目次
放學後的教室 13
誰在半夜洗澡？ 21
門口的阿兵哥 29
夜半宿舍的敲門聲 39
夜衝 46
你看見了嗎？ 56
鬼牽手 64

百鬼夜行誌

鹹酥姬
因為吃不到鹹酥雞而死的女子
經常會在半夜偷偷來到人身旁，
耳邊低語說著，
去買來吃吧！去買來吃吧！
當你意識到的時候，嘴巴已經
塞滿外面買回來的鹹酥雞了。

放學後的教室

這是發生在我國小四年級的詭異經歷。
國文

明天見囉～
掰掰！
當時老師經常吩咐我們放學後不要留在教室，原來是有原因的……

放學後的鐘聲響了一段時間，校園中的笑聲，也越來越稀疏。
我家距離學校很近，從學校後門走的話，大約五分多鐘就可以到達。
家

嗯？已經那麼晚啦，該回去了！

平常我都習慣慢慢整理，不曉得為什麼今天……

有股很莫名的感覺，說不出來為什麼，
不安
大概是唯一可以形容的字句吧！

現在回想起來，那天夕陽顏色很特別，是一種非常奇異的昏黃。

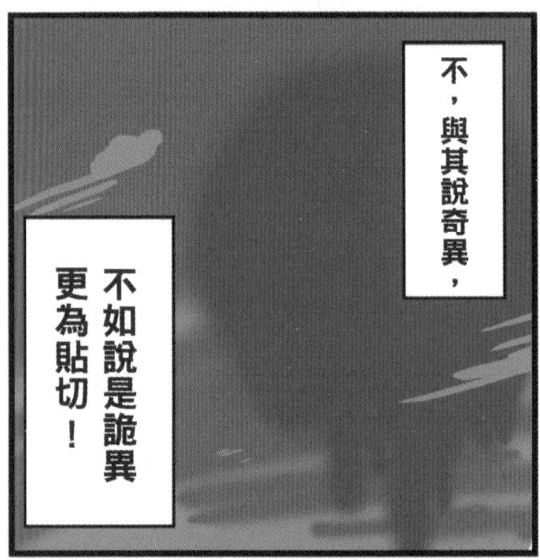
不，與其說奇異，
不如說是詭異更為貼切！

咦？阿慢，你還沒走啊？

我已經準備好要離開囉！
還在教室裡的同學，包含我在內，只剩下四個人。

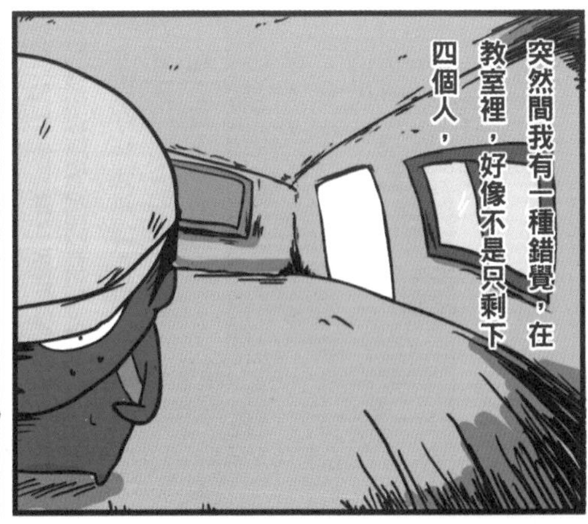
突然間我有一種錯覺，在
教室裡，好像不是只剩下
四個人，

但這個學校、這個空間裡，確
實只剩下我們四個人，突然間
有一種背脊發寒的感覺……

一種莫名其妙
的惶恐。

掰掰！
明天見囉！

他們三個也是家住很近，經
常一起回家，只不過他們是
從學校前門出去，剛好和我
相反。
那天道別後，走過穿堂，
與平常不同，
不安的感覺越來越明顯。

在放學後的空邊走廊上，
明明應該是悶熱的夏天午後，

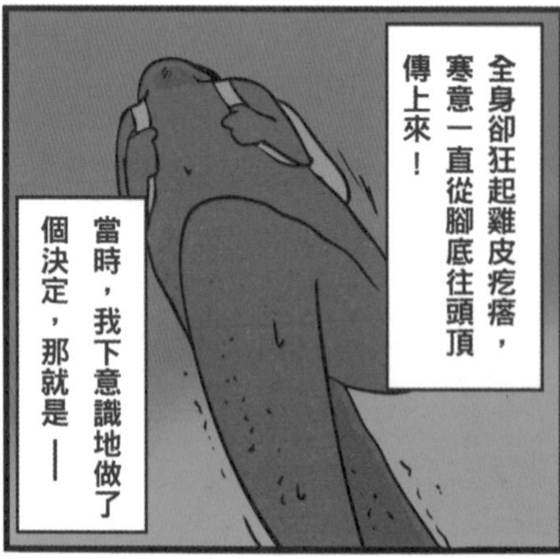
全身卻狂起雞皮疙瘩，
寒意一直從腳底往頭頂
傳上來！
當時，我下意識地做了
個決定，那就是——

跑。
死命的跑。

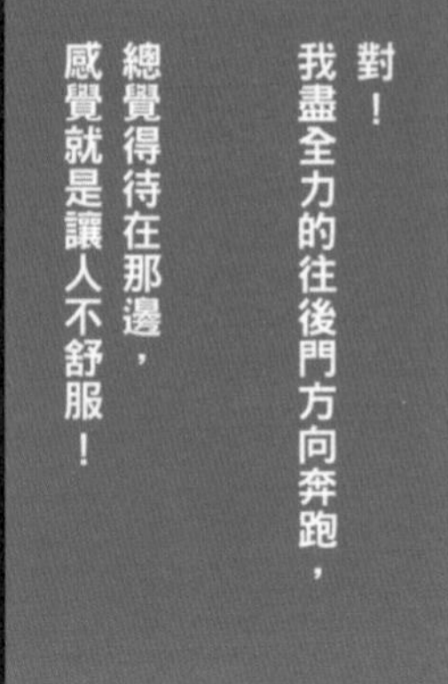
對！
我盡全力的往後門方向奔跑，
總覺得待在那邊，
感覺就是讓人不舒服！

呼～好喘！

當我來到後門的時候，
我轉頭看了看，
視線隔著窗戶穿過教室，
望向操場那裡。

那三位同學，似乎在操場
上邊玩邊叫，往前門的方
向跑去。

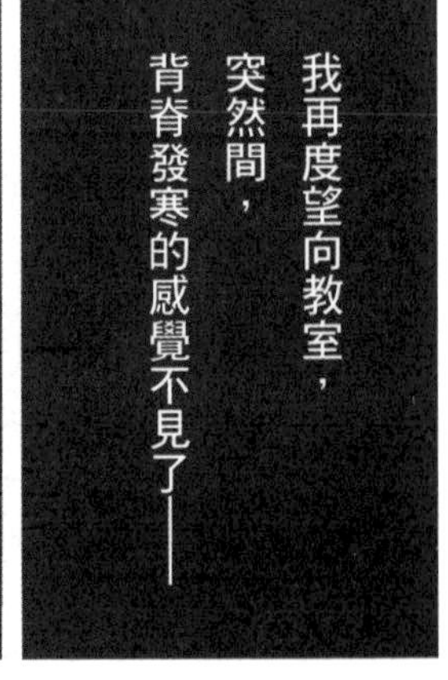
我再度望向教室，
突然間，
背脊發寒的感覺不見了——

取而代之的，
是全身寒毛直豎，
一股非常強烈的壓迫感席捲
而來！

莫名的惶恐，
變成一種無可抑制的害怕。
我用最快的速度衝回家，
儘管距離後門只有幾公尺，
卻很害怕在我衝過去的時候，
後門會瞬間關上。
我自己也不明白，明明什麼都沒看見
，為什麼會有如此害怕的感覺？

隔日
好愛睏哦~

早安啊！
啪

早安~

對了，你們昨天放學後
在操場鬼叫什麼啊？

咦？

我們並沒有在玩，
是因為……

昨天，我們三個
人一起往前門走
的時候，
昨天的卡通你們
有看嗎？

咦？教室裡面
那個女生是誰啊？
我們也回了頭。

哪個女
生啊？

跟我們揮手的
那一位啊！

有個穿著運動服的女生，
站在我們的教室裡，
靠近操場的窗戶邊，
朝我們三個揮手。

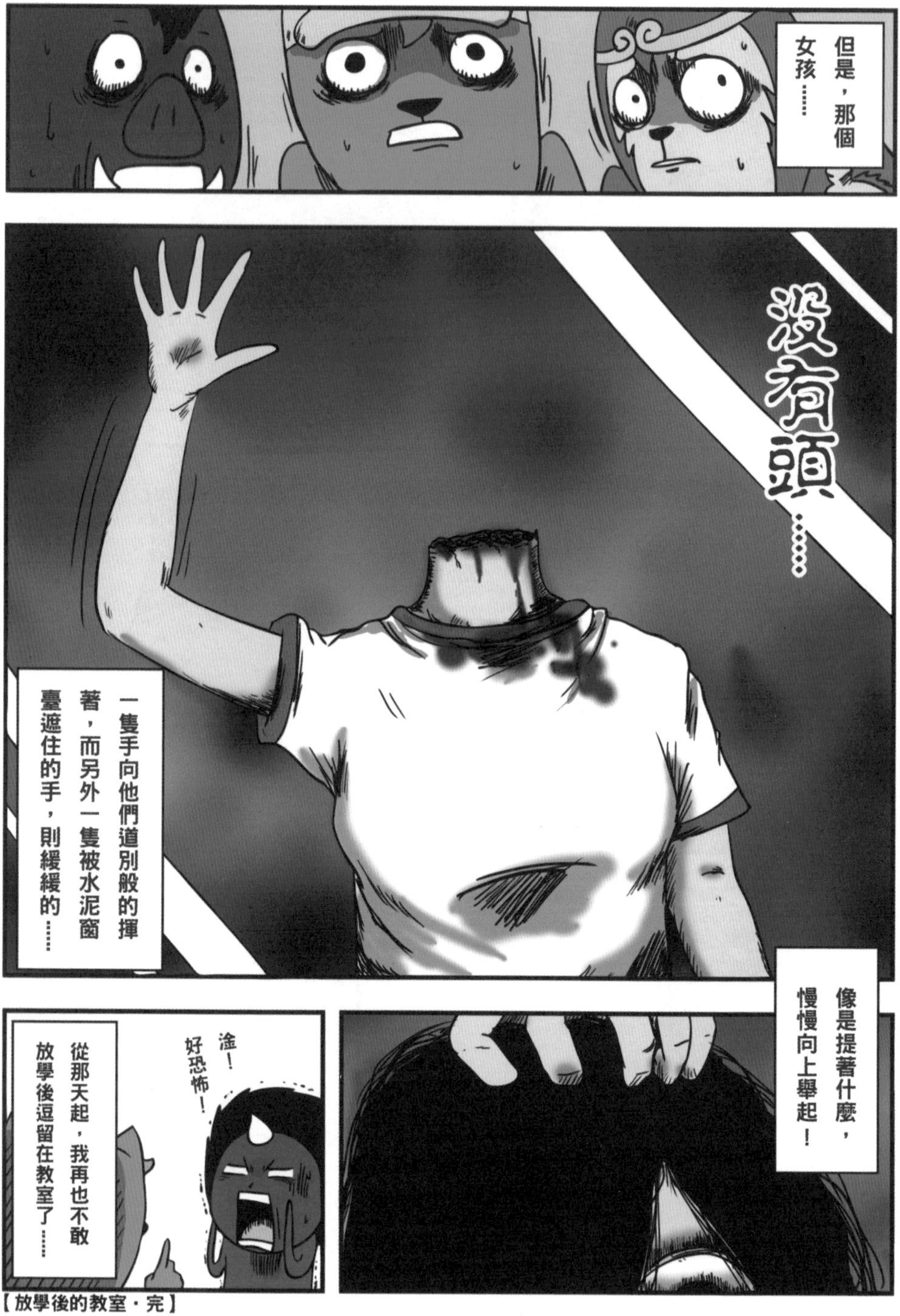

沒有頭……

一隻手向他們道別般的揮著，而另外一隻被水泥窗臺遮住的手，則緩緩的……

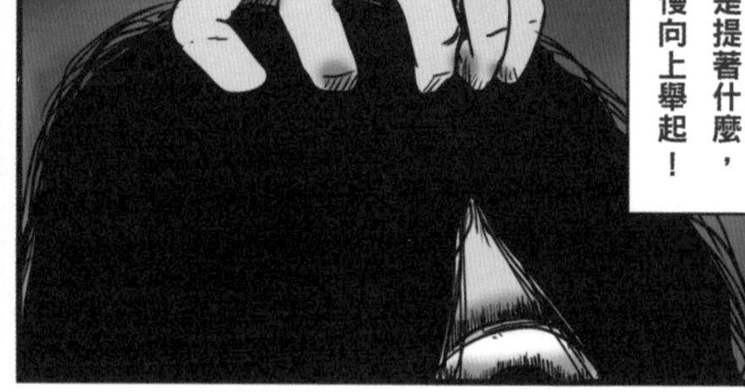

【放學後的教室・完】

誰在半夜洗澡？

大家有當過兵嗎？應該也聽過不少軍隊裡流傳的鬼故事吧！那麼我要說一個，我在下部隊時遇到的詭異經歷……
學長好！

太慢啦！
居然還讓我多等幾分鐘，老了膩！
是不會提早來哦！

抱歉抱歉，學長你辛苦了，那麼接下來安官就換我交接吧！

安全士官，簡稱安官，每個部隊都會有一個，負責連上安全以及警戒的哨點。
安全
當時跟我交接的是連上資深的班長，雖然有點兇，但其實人還不錯。
想當初我剛進來部隊的時候……

好啦，我也累了，那我要回樓上寢室睡覺囉！
是！
學長晚安！

嘩啦～
嘩啦～～～
咦？

喂！學弟！
是！學長！請問怎麼了嗎？

你剛剛下樓的時候，有人在二樓的浴室洗澡嗎？

廁所
浴室
我剛要來交接前，有先去上廁所，沒有看到任何人在浴室耶！

那就奇怪了，二樓的浴室怎麼傳出水聲呢？

也許是長官起來洗澡？

不太可能啦，現在都幾點了，一定是哪個搞不清楚狀況的新兵，給我偷跑起來洗澡吧！

反正順路，我上去查看看，喂！學弟，先借一下你的手電筒吧！
好的！

學長帶著手電筒就上去二樓查看浴室了，而我則待在安官桌等學長回來。

大約過了半小時，卻一直沒有見學長下樓來。
學長好慢哦！
我只好摸黑上二樓去看看。

當時已經是半夜四點半，部隊在就寢時間過後，是不會在走廊上開燈的，我幾乎只靠著樓梯窗戶外的月光，才勉強看得見路。

嗯？

浴室裡有燈光，學長還在裡面嗎？

學長，你還在浴室裡面嗎？那個手電筒可以還給我……

學長！？
我在浴室裡發現暈倒在地上的學長，
當天半夜他就被送進醫院。

隔日
啊！學長你從醫院回來了啊！

聽長官說，你在浴室裡滑倒撞到頭所以才暈倒，現在還好嗎？

才不是這樣！

那些長官根本不相信我說的話……

昨天到底發生什麼事情了？學長。

其實……
昨天半夜……

我跟你借完手電筒後，
就上二樓去查看浴室。

水聲？果然有人
在偷偷洗澡！

嘩啦~
嘩啦啦~

喂喂！
你知道現在幾點了嗎？
是誰在裡面洗澡啊？
碰！
碰！

怎麼辦？
怎麼辦？

誰管你怎麼辦啊？為什麼你在這個時間洗澡啊？
出來跟班長我解釋一下！

怎麼辦？
怎麼辦？
怎麼辦？
怎麼辦？
怎麼辦？
怎麼辦？
怎麼辦？

碰磅！
給我出來啦！你他媽的在耍我是不是？幾梯的啊！

嘰咿～～

怎麼辦？
洗不乾淨……

大半夜的你洗什麼頭啊？轉過來讓我看看你是誰！

班長，怎麼辦？怎麼辦？

怎麼辦？
我的頭……
怎麼洗都洗不乾淨啊……

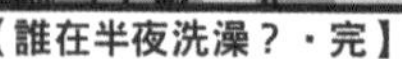
【誰在半夜洗澡？・完】

門口的阿兵哥

這是一個我正在當兵的好友經歷的恐怖事件。
聽說你在軍中差點被嚇死？
這個嘛！說來話長啦～

大概要從那天晚上說起……

那天晚上，班長正在說一個有關於我們寢室裡的鬼故事給我們聽。

各位菜逼巴的學弟們，你們有聽過關於我們連上的鬼故事嗎？

這個故事已經流傳好久了，很久很久以前呢……

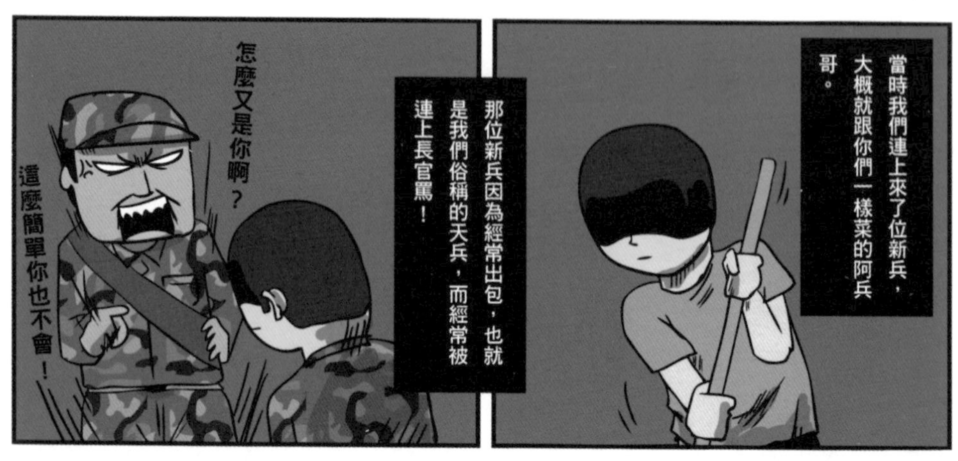
當時我們連上來了位新兵，大概就跟你們一樣菜的阿兵哥。
那位新兵因為經常出包，也就是我們俗稱的天兵，而經常被連上長官罵！
怎麼又是你啊？
還麼簡單你也不會！

他的個性又比較內向不愛說話，而遭受其他弟兄排擠。
甚至還會被某些學長欺負，但他從來都不敢吭聲。
一個人默默承受著痛苦以及委屈。

某天晚上，負責帶兵去站哨的班長，發現那名新兵沒有下樓來交接，便上樓去查看。
結果到了我們連上的寢室，才發現……

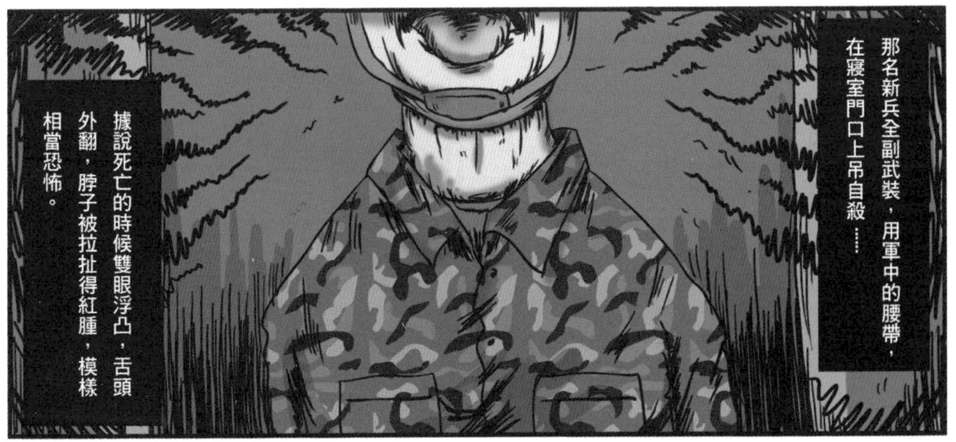
那名新兵全副武裝，用軍中的腰帶，在寢室門口上吊自殺……
據說死亡的時候雙眼浮凸，舌頭外翻，脖子被拉扯得紅腫，模樣相當恐怖。

之後就常聽說有時候會在半夜看到一個全副武裝的阿兵哥，搖搖晃晃的站在門口。

不信邪的以為是在裝鬼嚇人，湊近一看……

才發現站在門口的阿兵哥，是因為上吊的關係，才搖搖晃晃的。
哇啊啊啊！
哇啊啊啊！

所以啦，各位學弟，半夜
沒事的話最好不要亂跑，
不然很可能會遇到他哦！
好啦～準備就寢了！

班長應該是唬人的吧？
算了，趕快掛好蚊帳，
卡早來睏吧！

當天半夜三點。

我的老天呀！怎麼突然肚子
那麼不舒服，該不會是晚餐
的關係吧？
靠北！
一定是那鍋湯害的！

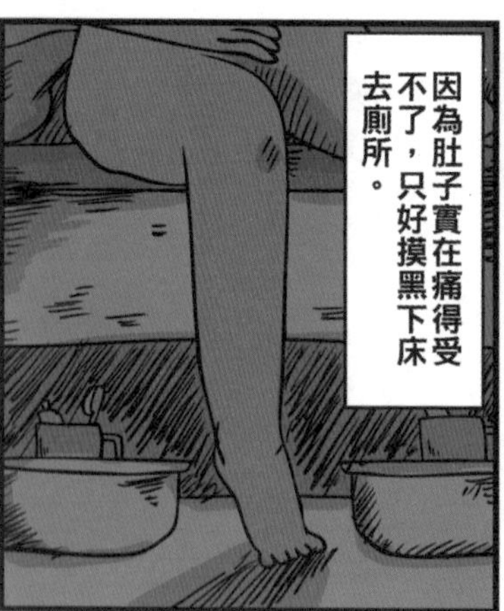
因為肚子實在痛得受
不了，只好摸黑下床
去廁所。

唰~~~~~~~~
嘩啦啦~~

呼~舒暢多了，差點就要來不及了呢！

哈啾！

嗚哦~怎麼突然變那麼冷啊？

算了，趕快回到溫暖的被窩裡吧！

哈~~

半夜的營區裡，漆黑的走廊上。

一位全副武裝的阿兵哥，搖搖晃晃的站在寢室門口……

揉眼~
揉眼~

你媽啦！有沒有這麼倒楣啊！沒想到真的被我遇到了啦！淦！這樣怎麼進去寢室裡啊？
待退弟兄八字輕！
人家常說，
果然是真的沒錯！

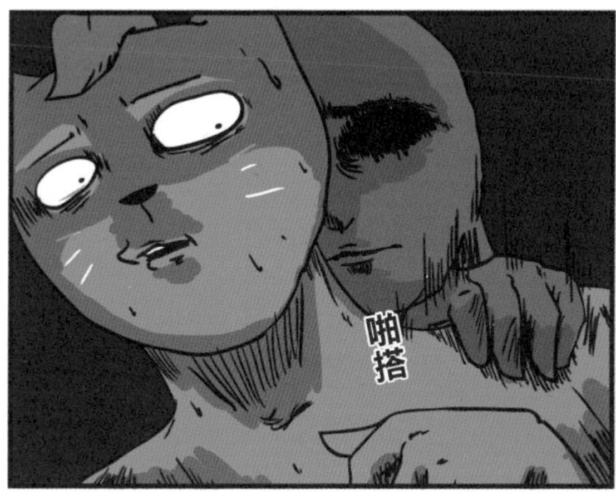
啪搭

錯你媽的大頭鬼啦！我根本還只是個入伍不到半年的菜逼巴！

班長！
哇哦你個頭啦！半夜不睡覺待在走廊上幹嘛？

哇哦哦哦哦哦哦!!!

沒有啦，班長！我因為肚子痛，剛剛去上廁所……

好啦~不用解釋，趕快回去睡覺，明早還有很多事情要做呢！

還有啊，從剛剛開始……

奴哦？

就一直站在你後面……

那位阿兵哥是誰啊？

哦哦～～
感覺好毛哦！

淦！害我差點閃尿！
不過後來才發現……

是一個正要準備去站哨的同梯，在換衣服的時候因為太想睡覺，結果站在門口睡著了。
醒來後看見我們在走廊上講話，就跑來我後方想要嚇人！
差點往他臉上貓一拳。
很多時候，人嚇人是最恐怖的！不過最可怕的，我想應該是自己嚇自己吧！

【門口的阿兵哥・完】

摸魚
經常出現在人們工作場所的魚類妖怪，據說摸到此魚的人，眼神會出現呆滯，腦袋會頓時放空，而導致無法繼續工作。

夜半宿舍的敲門聲

大家曾經住過學校宿舍嗎？想必一定聽過很多有趣的怪談吧？
這是一位網友提供給我的真實經歷，大家要不要聽看看？

也許說的就是你們學校也說不定呢……

我買東西回來囉！
啤酒好重哦！

等很久啦！今晚我們要聊個通宵啦！

大學時，我跟朋友都住在宿舍裡，因為家都在外地，所以假日經常一起留宿。
妳知道嗎？最近班上那個花癡，聽說被甩了耶！
哦哦～我有聽到傳言！
那天，我們買了許多消夜以及啤酒，打算邊看電視邊聊天，來度過美好的週末夜晚。

不知道什麼時候喝醉睡著，再次醒來的時候，我們兩個都躺在地上睡覺。

起身
搞什麼啊？電視電燈都沒有關！

啪！
嗚哇啊啊啊！
啊啊啊啊啊啊～

喝嘛～再來喝啦！我還沒醉～嗝！
Z Z

哇靠，這三八的睡相有夠醜的！
學長
Z

誰啊？
那麼晚了還敲門？

嗯？

咚！
咚！
咚！

大約半夜三四點，宿舍門外傳來了急促的敲門聲，雖然我馬上就回應，不過門外卻是靜悄悄、一點聲音也沒有……

應該又是哪個睡迷糊的敲錯門吧！
因為廁所在宿舍中庭，偶爾會有半夜睡糊塗的同學，以為被鎖住而敲錯門的情況發生。

咚！
咚！
咚！

算了，好愛睏哦！
還是趕快睡覺的好～

煩死人了，是誰在外面敲門啦？
嗚~不是我哦~
睏妳欵啦！

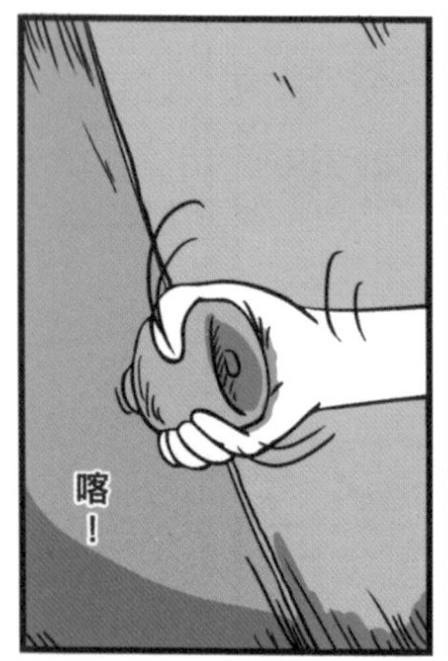
喀！

嗯？

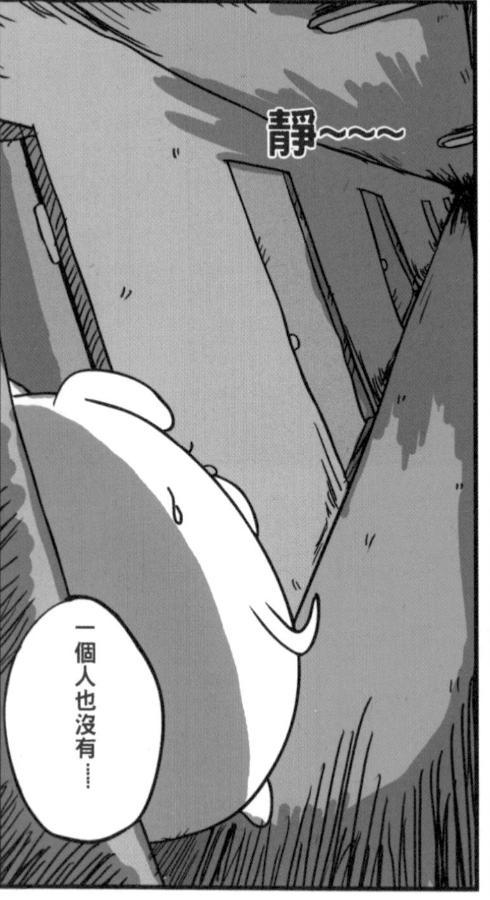
靜~~~
一個人也沒有……

探頭
奇怪？

我明明就有聽到敲門聲，
難道是我喝醉了聽錯嗎？
關門

該不會是有人
在惡作劇？

沒錯，一定是有人半夜無聊
亂敲門，敲完馬上跑走！

哼！有種再敲一次
，拎祖媽這次就待
在門邊堵你！

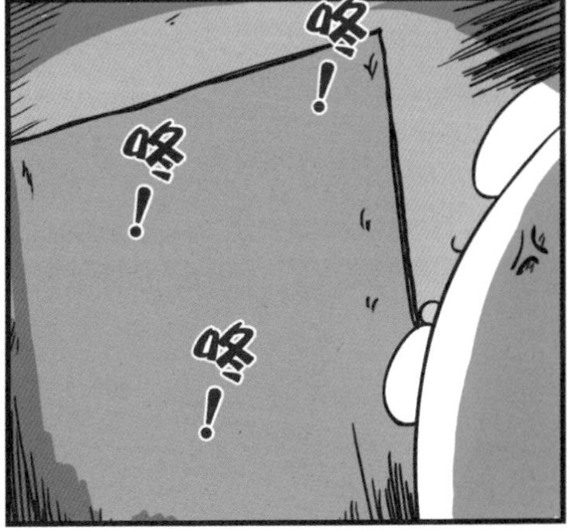

咚！
咚！
咚！

淦！半夜亂敲人家的門，
別人是都不用睡覺喔！

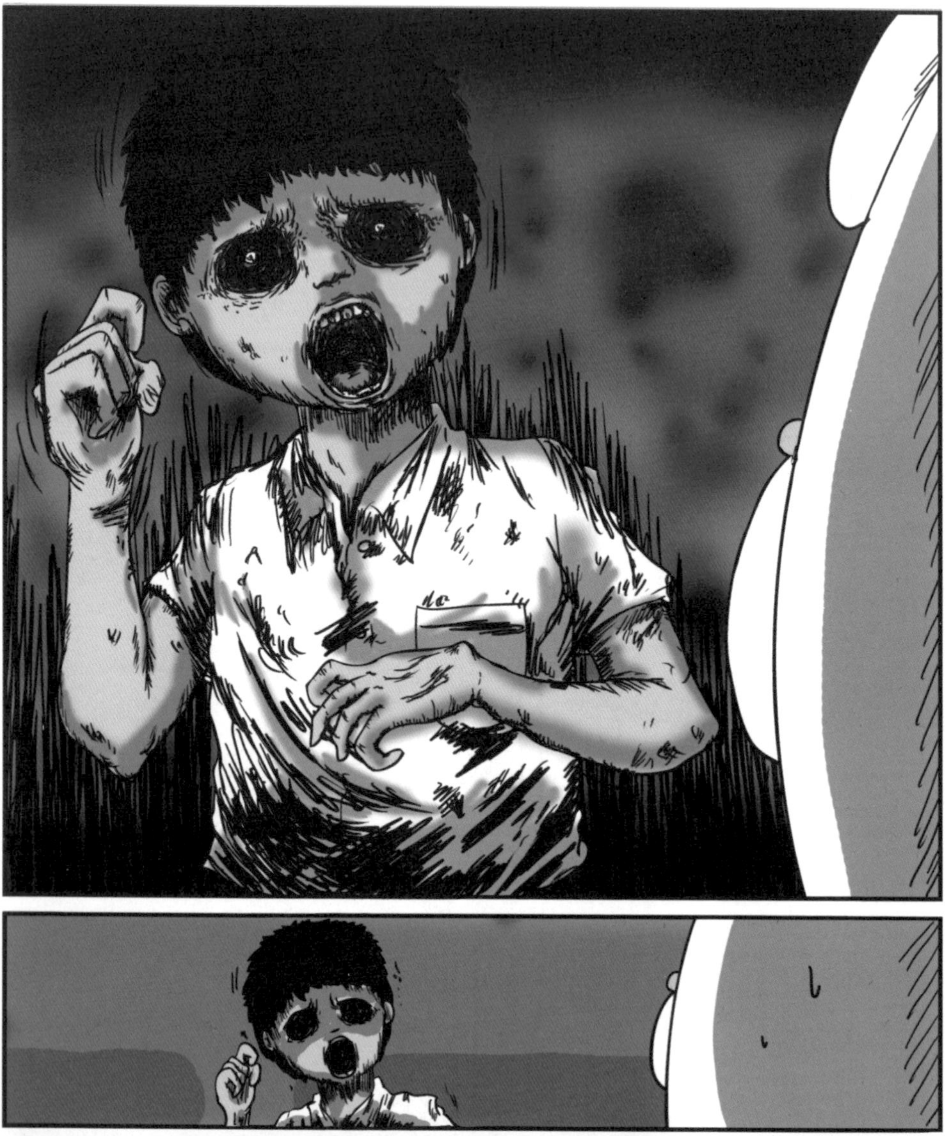

對……
對不起……

一位看起來似乎也被我嚇到的鬼，只留下淡淡的對不起三個字，就這樣慢慢的消失在走廊上……
當時我嚇得立刻把門關上，並轉身叫醒我朋友！
啪！
啪！

衝殺毀啦？
鬼！有鬼啦！
我剛剛在門外遇到鬼了啦！

好了，我準備開門囉！

打開門後，走廊上靜悄悄的，一個人也沒有……
雖然很詭異，不過罵髒話能把鬼趕走的傳言，我想應該是真的吧。

【夜半宿舍的敲門聲・完】

夜衝

咦？這麼晚了，怎麼還打電話給我？

鈴～
鈴～

呦！還沒睡哦，兄弟，找我有事嗎？

阿慢，我們在你家樓下啦！走吧，我們去夜衝！

夜衝？
這次的故事，是我跟朋友半夜無聊去夜衝的時候，所遇到的真實恐怖經歷。

夜衝就是夜遊的意思，那天我和朋友三個人，就這樣三更半夜騎車到處亂晃。
怎麼那麼慢才下來啊？
上廁所嘛！

那我們走前面那條路好了。

待會我們順便去吃個消夜吧！
好哦！

嗯？

我們亂繞騎了一陣子後，來到一條筆直的樹林道路。

哇~幾乎都快要看不到天空了耶！

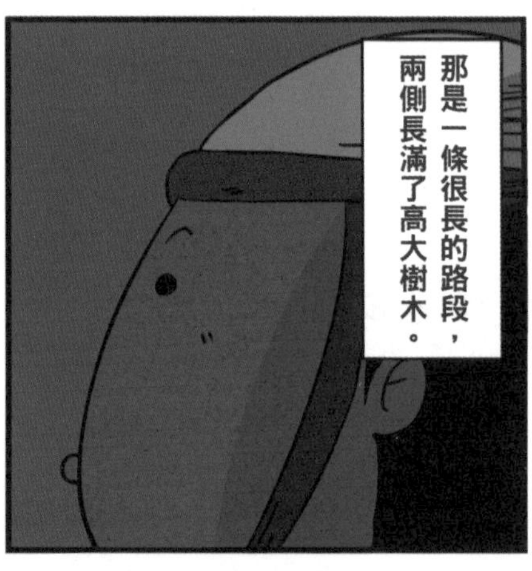
那是一條很長的路段，兩側長滿了高大樹木。

就像是個天然的樹林隧道一樣，茂密的樹葉幾乎都要將星空遮起來了。

這條樹林道路，兩側的路燈很少，
路燈之間甚至有段距離，我們只能靠著機車的燈光摸黑前進。

喂！我不知道是不是錯覺，但是你們有沒有感覺……

……

這條路，怎麼騎了那麼久都還沒到出口？

嗯？

這時我們才驚覺到，已經在這條路上騎了一個多小時，卻還沒有出口……

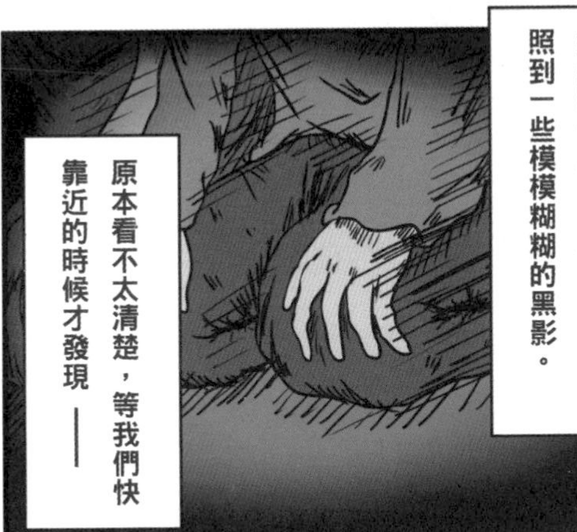
遠遠的道路上，機車的遠光燈照到一些模模糊糊的黑影。
原本看不太清楚，等我們快靠近的時候才發現——

那是什麼啊？

馬路正中央，
跪坐了三個人。

怎麼回事啊？

喂！阿慢，怎麼辦？我覺得有點怪怪的耶！

還是我們轉頭騎回去？
真假？我們已經騎很久了耶！

雖然有點毛骨悚然，不過我們三輛車最後還是決定從他們的側邊繞過去。

大半夜的，怎麼會有人坐在馬路中央呢？

就在我這麼想的時候，下一個瞬間……

奴哦？

拎杯飛出機車外面，

嗚呸呸呸呸!!!!!

犁田。
淦！
好痛哦！

我們三輛車離奇的互相追撞在一起，全部出了車禍。
哦咿~
那天深夜，我們三個人全部在醫院急診室裡度過。
我說你啊……

無緣無故，怎麼突然
騎車撞過來啊！
靠北，害我半夜
還要跑醫院！

對不起啦！
我也有掛彩耶！

而且是騎在最左邊
的胖子先摔車，才
害我撞到你的。

我說你們兩個，
難道都沒有看見
嗎？

蛤？

朋友邊發抖邊述說剛剛
在騎車時看見的景象。
我們剛剛騎車過去的
時候不是有看到三個
人坐在馬路中央嗎？

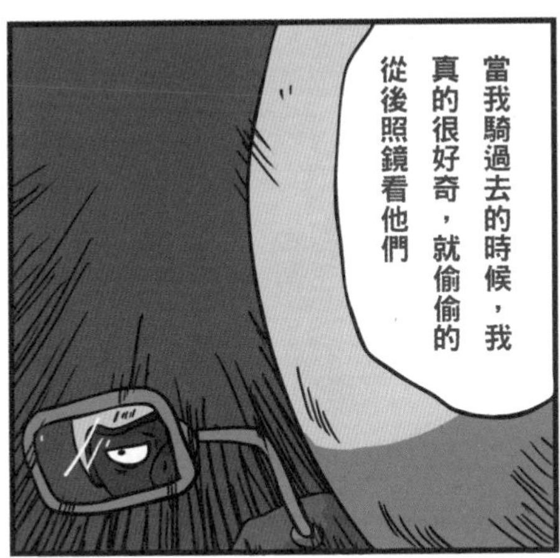
當我騎過去的時候，我
真的很好奇，就偷偷的
從後照鏡看他們

那時已經騎一段距離了，
就在這時候，我發現橫躺
的那個小女孩，

突然慢慢的爬起身來，

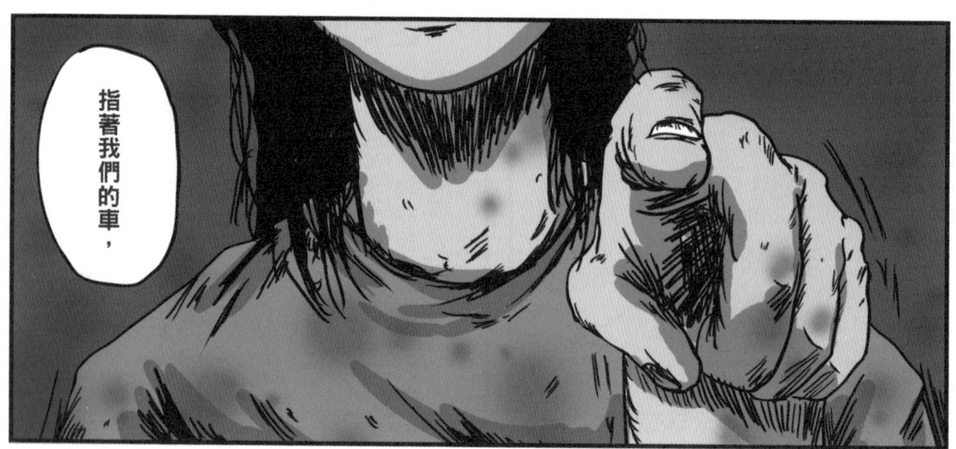
指著我們的車，

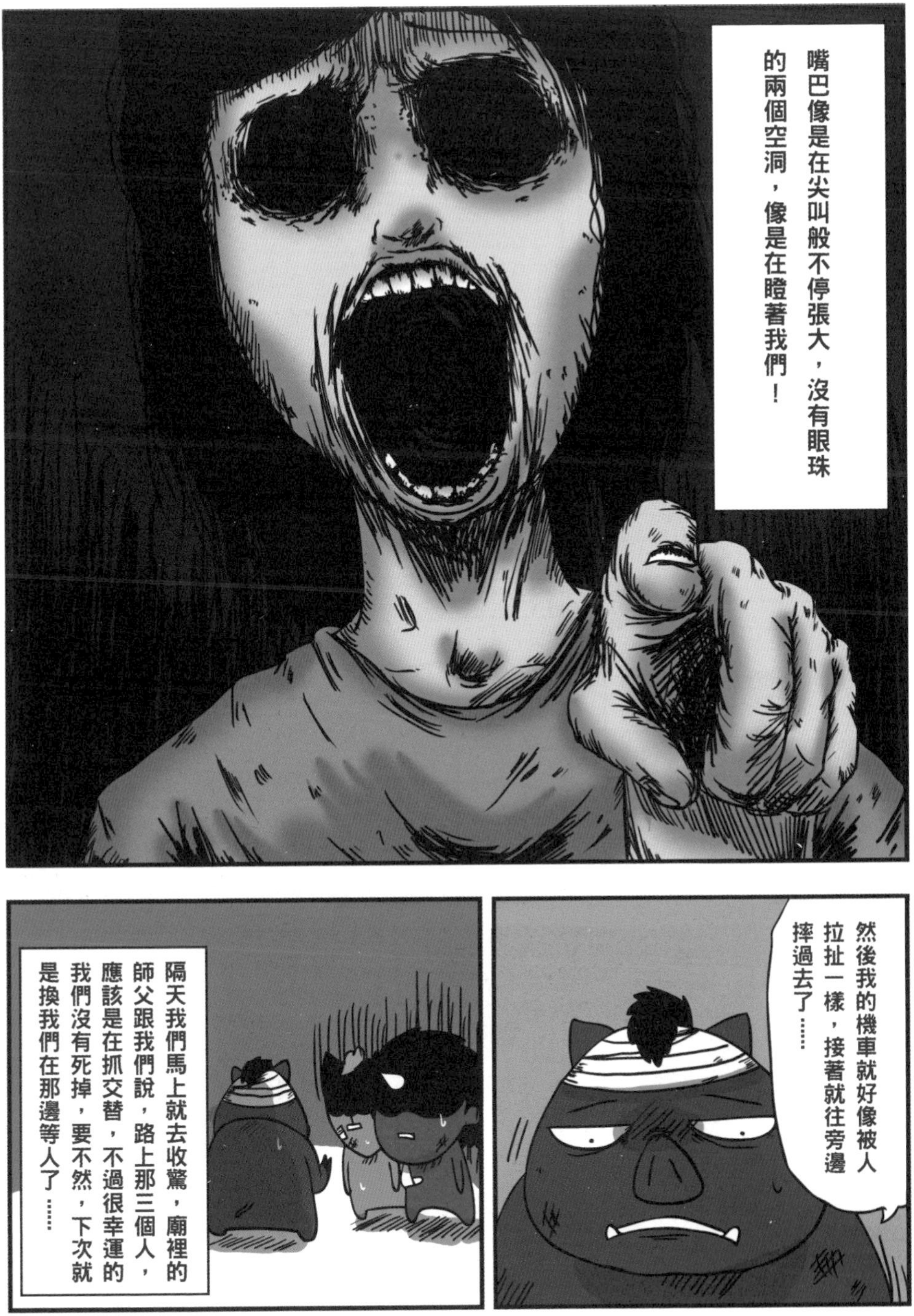

嘴巴像是在尖叫般不停張大，沒有眼珠的兩個空洞，像是在瞪著我們！

【夜衝・完】

你看見了嗎？

高中的時候，很多學校都有晚自習的習慣。
我們學校也不例外。

鈴~~~鈴~~~

不好意思，忘記調靜音了！
噓~
自習的時候，常常因為怕吵到同學，所以都習慣將手機調成靜音。
媽，我在晚自習~
嗯嗯，晚點就回去了啦！

那天不知道為什麼，身體異常的疲累……
媽~我回來囉！

回來啦，洗完澡後下來吃點東西吧！

不用了，我今天讀書有點累，想早點休息。
這樣啊，那好吧！洗完澡就快去睡覺吧~

回到家後，我連看電視的心情都沒有，洗澡後就躺進我的被窩裡了。

鈴~~~~
鈴~~~~~~

咦？

睡到一半，我的手機突然響起來，半夢半醒的接起電話……
喂？

沙……
沙……

喂？
喂！
沙……
沙……

搞什麼啊？
打錯電話嗎？
掛斷

睏死了，
再繼續睡吧！

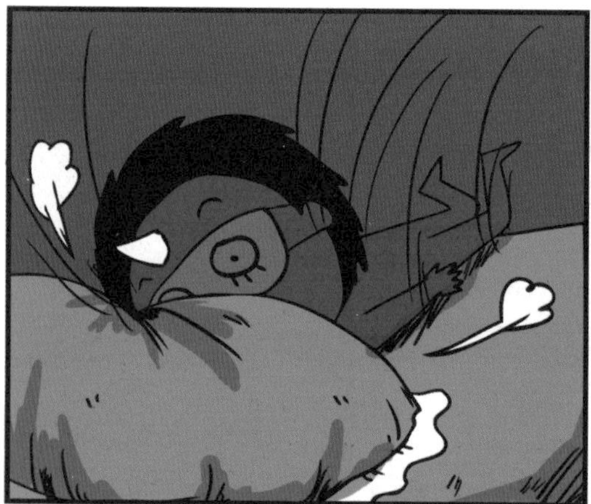

鈴～～～
鈴～～～

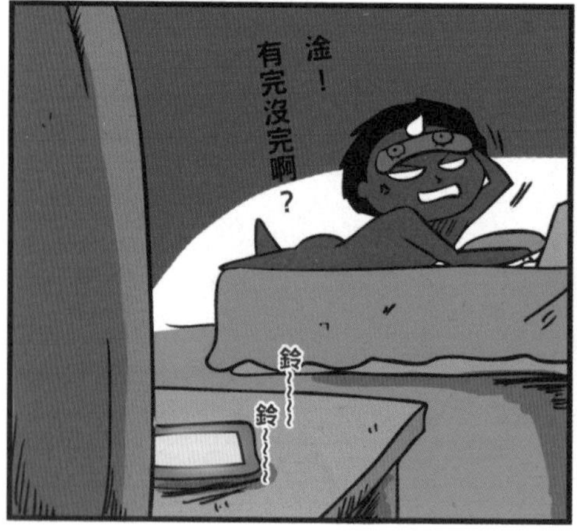
淦！
有完沒完啊？
鈴～～～
鈴～～～

喂？

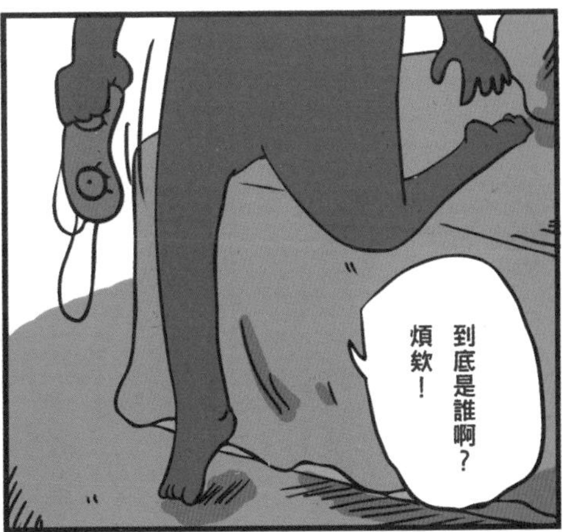
到底是誰啊？煩欸！

沙……
你……
蛤？
……看見……
沙……

喂喂？
看見什麼？
喂？你打錯了哦！
你是誰啊？

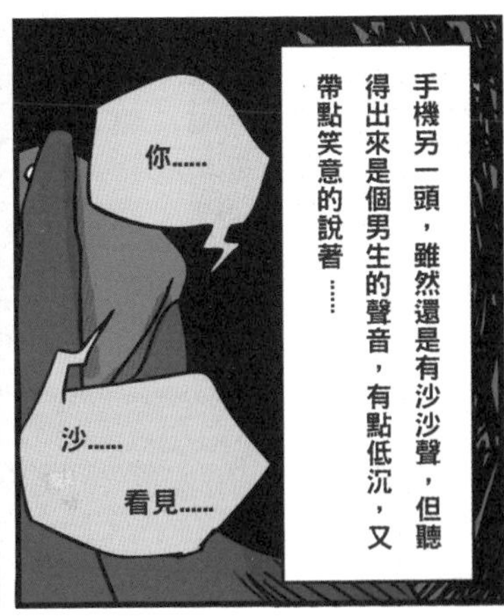
手機另一頭，雖然還是有沙沙聲，但聽得出來是個男生的聲音，有點低沉，又帶點笑意的說著……
你……
沙……
看見……

沙……
沙……
搞什麼鬼啊？

嘖！無號碼顯示，
又不能回撥！
00:13

掛掉電話後，正當我伸伸懶腰，要走回床上去的時候，

腦中卻慢慢想起一件事。

我的手機，應該是關無聲吧？
我記得今天因為唸書太累，好
像還沒有將手機調回來……

那一瞬間，
我整個毛起來了……

偏偏這時候，手機聲又響起來了！
鈴～～～～
鈴～～～～

我身體顫抖著，慢慢走過去接起電話……

……喂？

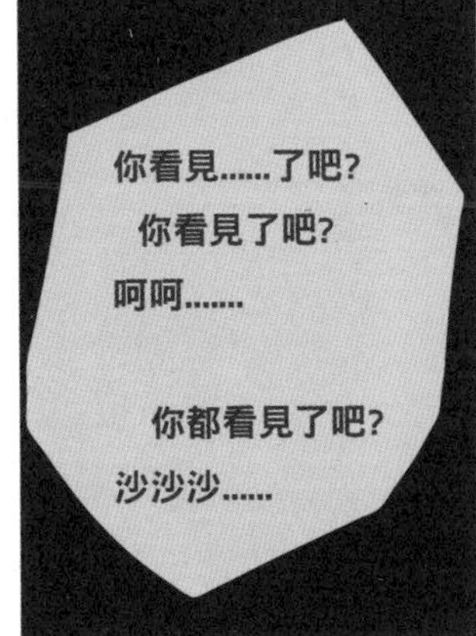
你看見……了吧？
你看見了吧？
呵呵……
你都看見了吧？
沙沙沙……

你到底是誰啊？我又看見什麼了？
喂！

你都看見了吧……
都看見了吧……
哈哈哈哈哈哈哈哈哈哈
哈哈哈哈哈……

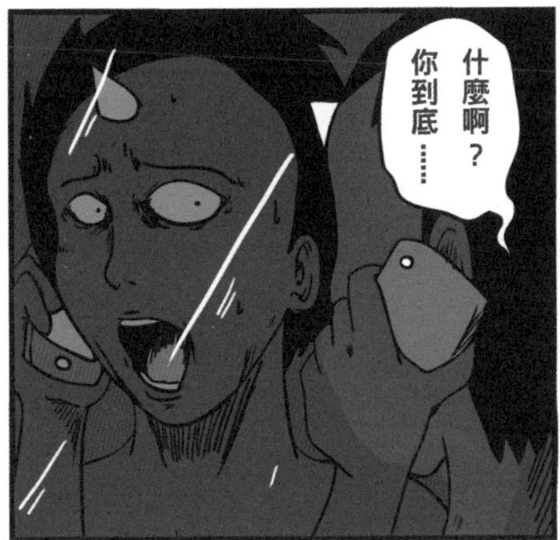
什麼啊？你到底……

哈哈哈……

哈哈哈……

藉著房間裡鏡子的反射，
我看見一名男子，伸長脖子，
用手按著我的手機……

哈哈哈……

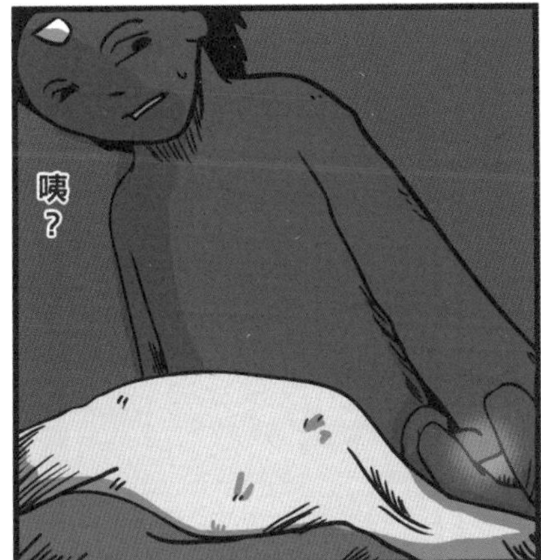

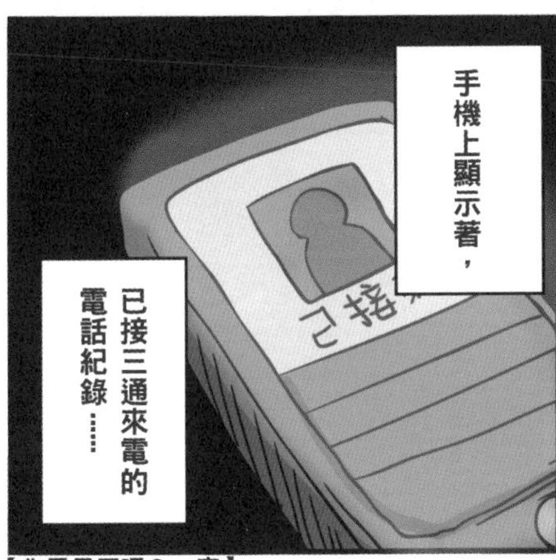

【你看見了嗎？・完】

鬼牽手

最近看了電視新聞，讓我想起一些不愉快的回憶。

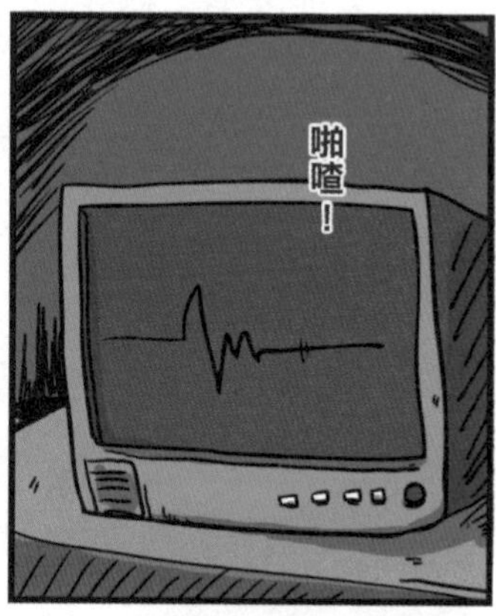
啪喳！

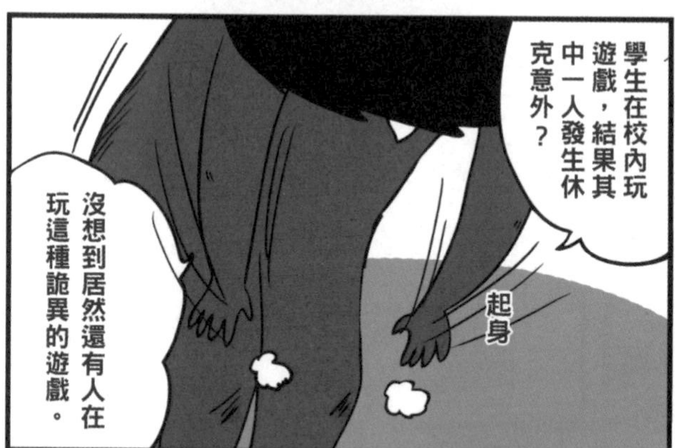
學生在校內玩遊戲，結果其中一人發生休克意外？
起身
沒想到居然還有人在玩這種詭異的遊戲。

我記得當時的照片有留下來……
摸索

不是這本，也不是這一本……
相冊

啊，找到了！

這件事大概是發生在我讀書時期，那一天，我跟一群朋友放學後來到學校舊教室……
這裡好陰森哦，我們真的要玩嗎？

當然囉，這遊戲就是要人少，陰暗一點的地方才玩得起來！

所以到底是什麼遊戲啊？

你們玩過，

鬼牽手嗎？

鬼牽手？
那是什麼遊戲啊？

這是前天從我爸
那邊聽來的。

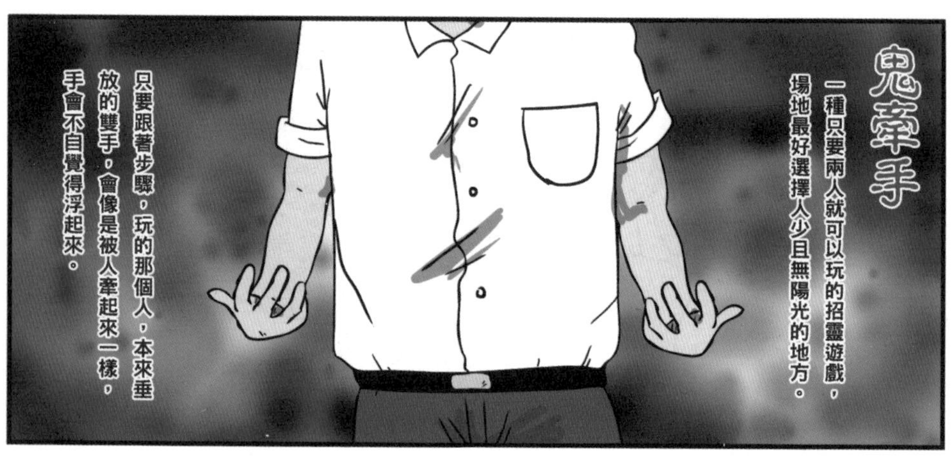
鬼牽手
一種只要兩人就可以玩的招靈遊戲，
場地最好選擇人少且無陽光的地方。
只要跟著步驟，玩的那個人，本來垂
放的雙手，會像是被人牽起來一樣，
手會不自覺得浮起來。

哇啊～感覺
好噁心啊！
我不敢玩啦！

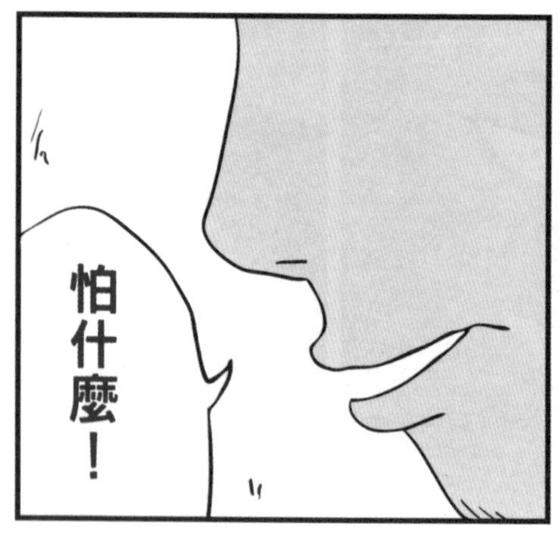
怕什麼！

反正只是個騙小孩的遊戲，這世上根本就沒有鬼嘛！

不然你敢玩嗎？
玩就玩，怕你啊！

我們在這間舊教室裡，開始玩起鬼牽手。

接下來你要仔細聽我說！

遊戲開始，不能說話，身體盡量放鬆，雙手自然垂下就好。
最重要的，不管發生任何事情，還沒結束前絕對不要打開眼睛！

遊戲方法很簡單，
站在要玩鬼牽手的人面前，
距離大約一個手臂長，
依序拉起他的兩手，互相交叉點兩下，
再輕輕放下。
之後保持安靜，並專心凝視放下來的雙手，
等待幽靈來牽起他的手……

靜~~~~~~~~~~~~~~~~~~~~~~~~

怎麼那麼久都……

靜~~~~~~~~~~~~~~~~~~~~~~~~

那遊戲也是騙我的囉？
遊戲是聽我爸講的，我覺得有趣才來試試看，不過好像沒效哦！

我以後都不想理你們了啦！
糟糕，生氣了～
之後我們都各自回家
沒想到，隔天我的朋友卻在家裡突然腦缺氧休克，被送進醫院裡。

原本不以為意，但是洗完照片後，我知道是這個遊戲害了他……
相
有幾張照片，是當時玩鬼牽手時候拍下來的。
在哪裡呢？

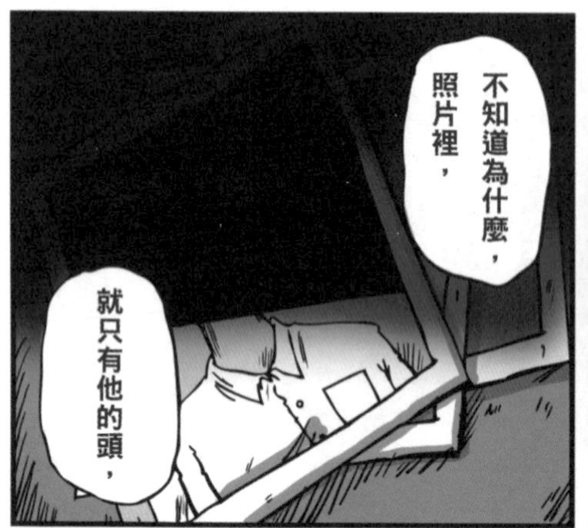

拍起來都是模糊的……

【鬼牽手・完】

縫隙

吱嚓～
吱嚓～
夏天的夜裡，依舊是那麼悶熱。
熱……
熱死我啦！
夏天到了，不知道是否受到全球暖化的影響，今年的夏天特別悶熱！
對於我這個窮苦的學生族來說，
租到一間沒有冷氣的套房，更加難過。

這樣就算了，不僅如此，
最近這幾個夜晚，

我常在半夜裡，聽到一種
嚓~~~~吱嚓~~~~的聲音，
卻不知道從哪傳過來的。

嚓~~~~
吱嚓~~~~

可惡，這種鬼天氣跟
雜音，已經讓我整整
一個禮拜沒睡好了。
開窗戶睡覺好了！

跌個狗吃屎
嗚噗！

痛痛痛！可惡！
踩到什麼東西了？

筆？
奇怪！這枝筆我明明就
放在書桌抽屜裡啊！

話說回來，最近家裡有些東
西經常有被亂移動的感覺。

冰箱裡的食物好
像也有減少的樣
子，該不會是……

喵嗚～

我家這隻蠢
貓的傑作？
喵嗚～～～

抓～
應該不太可能吧！

貓果然是夜行性動物，每次到半夜精神就超級好！

那種不舒服的聲音，大概是牠半夜磨爪子的關係吧！

好了～～別玩了，再不睡覺我要生氣囉！
唔嗚～

好啦，好啦！該睡覺了你，不要再抓衣櫃了……

吱嚓～～～～～
咦？

突然間，
我聽到很熟悉的聲音，
從衣櫥後方傳出來。
嚓～～～
吱嚓～～～

那到底是什麼聲音呢？
我不太會形容，
有點像是東西在蠕動……
又或者是蟲爬過牆壁的聲音……
吱嚓、
吱嚓～
吱嚓、
讓人感覺不太舒服的聲音。

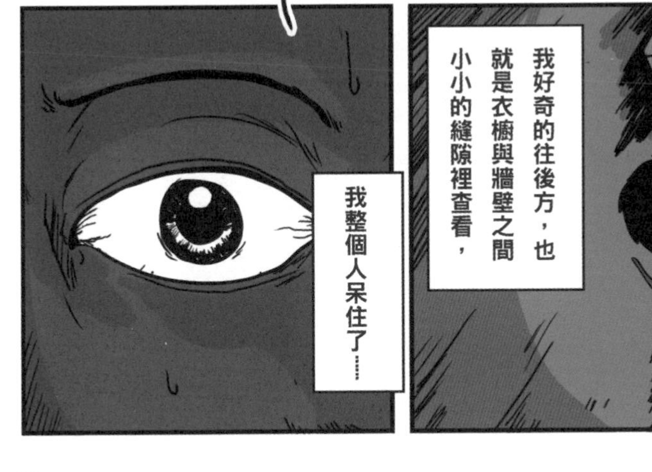
我好奇的往後方，也就是衣櫥與牆壁之間小小的縫隙裡查看，
我整個人呆住了……

在那小小的縫隙裡，躲著一個女人，

全身已經擠壓到變形，一邊蠕動乾扁的身體，一邊朝縫隙更深處前進……

【縫隙・完】

品客
打著紅色領結，中分髮型的翹鬍子男，身上有股洋芋香味，每到夜晚總會讓人不禁一口接著一口……

深夜的彈珠聲

咚咚咚~~咚咚~~咚~~~~~ 咚咚咚~~咚咚~~咚~~~~~ 咚咚咚~~咚咚~~咚~~~~~

那是一顆透明亮紅的彈珠，

從冰箱附近滾了出來。

咦？

咚咚～～咚！

咚咚咚～～
咚咚～～咚～～～～～

奇怪，
這到底是怎麼回事？
又多了一顆。

搞什麼啊？三更半夜的，
樓上怎麼那麼吵……
抬頭

總是在半夜，發出珠子
掉在地上的詭異聲響，
真是不堪其擾。

嘖！明天我要來跟房東
反應一下，樓上住戶太
吵了！

這兩顆彈珠就先
放床頭好了。

之後不知道又睡了
多久，我突然覺得
一陣寒意襲來……

嗯？彈珠？
什麼時候跑到床上的？

咚咚咚～～～
咚咚咚～～～
咦？

不要碰我的彈珠！

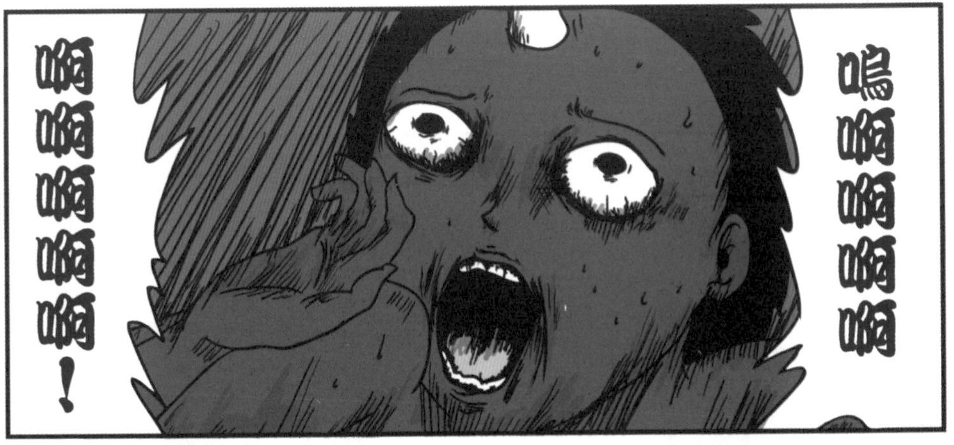

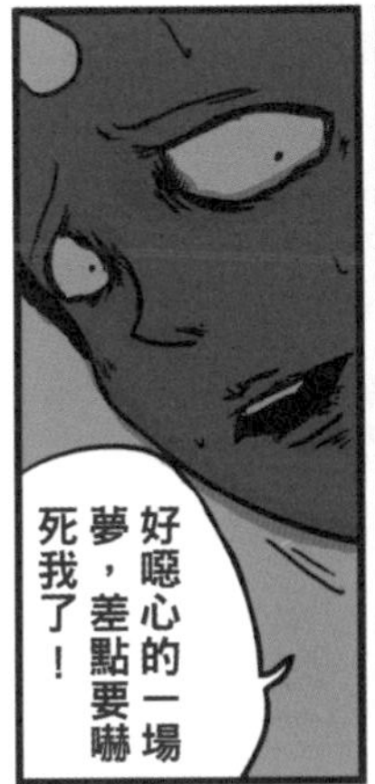

說也奇怪，本來放在床頭的彈珠，莫名其妙的不見了！難道從一開始我就在作夢嗎？還是那個小孩已經拿走了呢？

看來，明天我要再去找新房子住了……

【深夜的彈珠聲・完】

追逐車子的女人

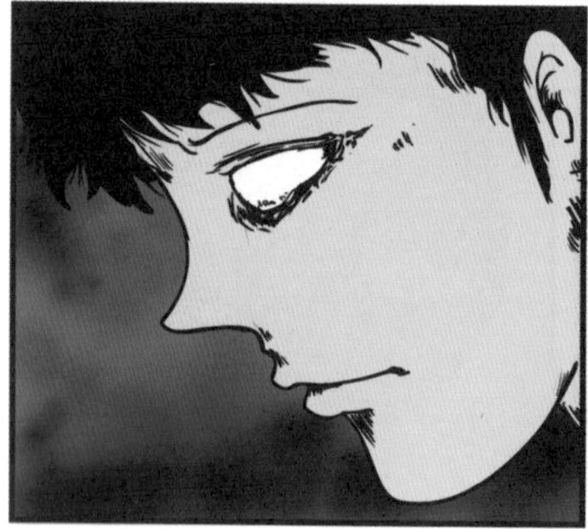

不要跟他正對眼，
趕快離開吧！
鹹酥雞

糟糕，又看到了。

我有陰陽眼，可以看見一些別人看不到的東西。
但只要不去看他們，他們也比較不會來騷擾，所以我經常戴著耳機來分散注意力。

嗯？

那天晚上，大約十一點，我買完鹹酥雞準備回家享用。

騎車騎到一半，我隱約感覺到右後方似乎有東西在接近……
一種毛骨悚然的冷冽感從後方竄起。

而且我家附近剛好又是偏僻道路，晚上很少有人會騎車經過。

一個人騎車，那種不舒服的感覺也越來越強烈。

當我意識到不太對勁的時候，

有東西已經來到
我的車子後方……

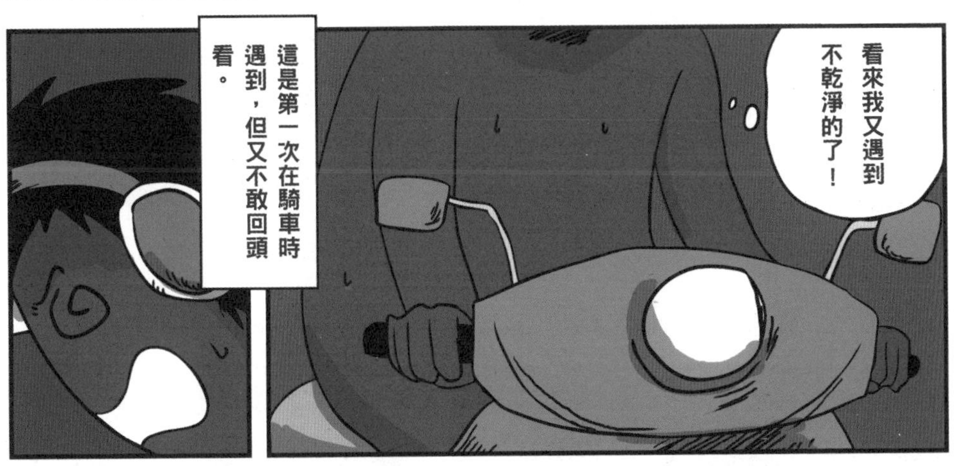
看來我又遇到不乾淨的了！
這是第一次在騎車時遇到，但又不敢回頭看。

我試著從後照鏡，看看到底是什麼東西追上來！

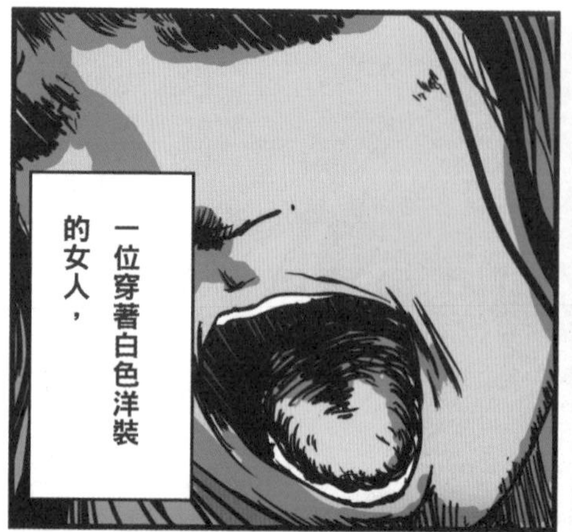

張著嘴巴，披頭散髮的
跑在車後方……

不看還好，一看差點讓我嚇到摔車。
怎麼回事啊！那個東西為什麼要一直追著我跑？

當時我使勁的催油門，卻完全無法甩掉後方的女鬼！

我實在很害怕，擔心她是不是會對我不利。
不過，她就只是在我後方追著跑，沒有超前，距離差不多保持在我車後方幾十公分。

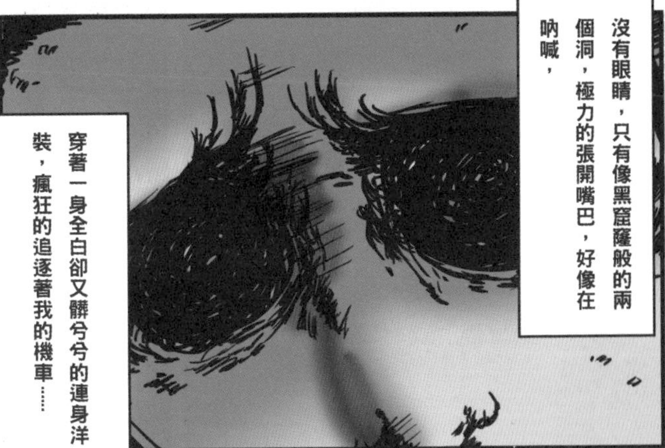
沒有眼睛，只有像黑窟窿般的兩個洞，極力的張開嘴巴，好像在吶喊，
穿著一身全白卻又髒兮兮的連身洋裝，瘋狂的追逐著我的機車……

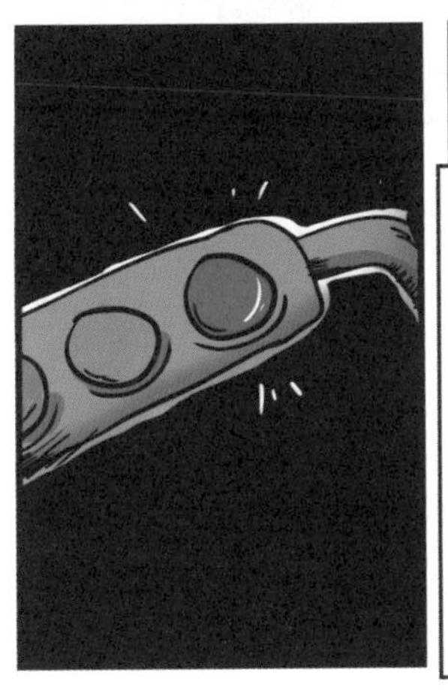

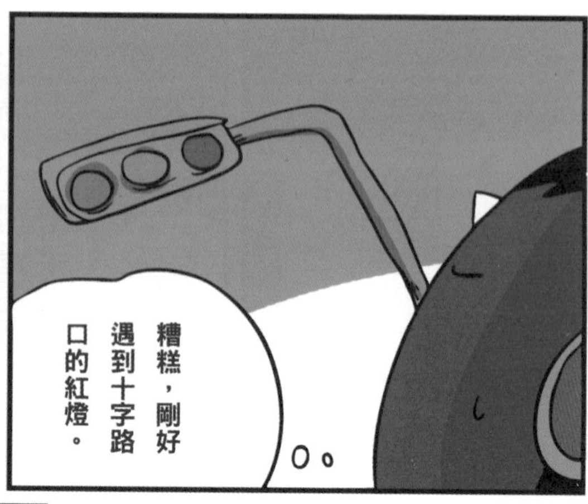
糟糕，剛好遇到十字路口的紅燈。

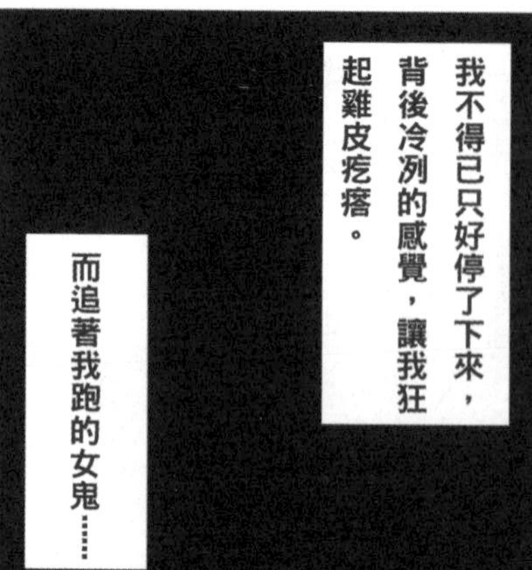
我不得已只好停了下來，背後冷冽的感覺，讓我狂起雞皮疙瘩。
而追著我跑的女鬼……

她就只是站著不動，一動也不動的站在我車後方……
靜～～～～～

這紅綠燈是我等過最久的一次，感覺好像等了幾十分鐘那麼久。

有輛機車從我前方馬路快速的呼嘯而過，本來待在我車子後方的女鬼，突然驚覺到什麼的樣子，

轉而朝那輛機車追了過去……

還好，要是一直跟著來到我家，都不知道該怎麼辦才好。

一個禮拜後

我又見到熟悉的身影在追車，機車上的人好像不知道，真希望不會發生什麼事情才好……

【追逐車子的女人・完】

他會冷

阿慢，我知道你喜歡聽鬼故事，你要不要聽聽我跟女友曾經發生過的事件呢？
嗯~很恐怖的話就不用了……
某一天，我準備去接女友，
靠北，已經開始講了啊！

某天晚上，我騎車到學校裡接女友回家。
不好意思遲到了，上車吧！

你他媽的下次再這樣你就死定了！
對不起！

由於時間已經有點晚了，女友上車後，我們就匆匆離去。

回家的路是條山路，我們沿著下坡騎車，一路上彎彎繞繞。

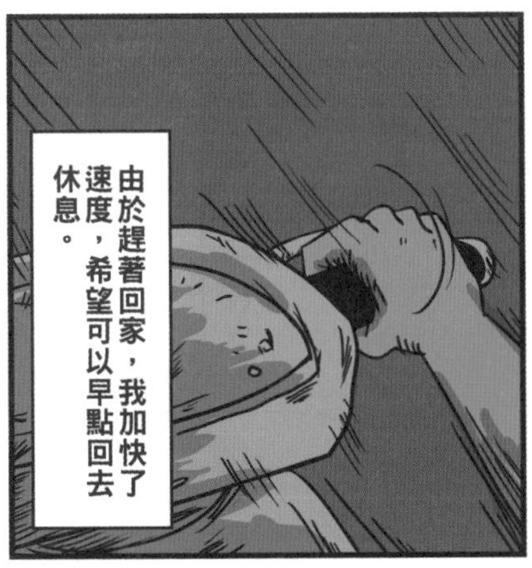
由於趕著回家，我加快了速度，希望可以早點回去休息。

呀啊～～～
背後女友的尖叫聲，讓本來精神不濟的我，整個給嚇醒了！
怎……怎麼啦？

緊閉雙眼

妳……
妳是不是又看到啦？

對了，我忘了說，我女友的眼睛非常特別，
點頭

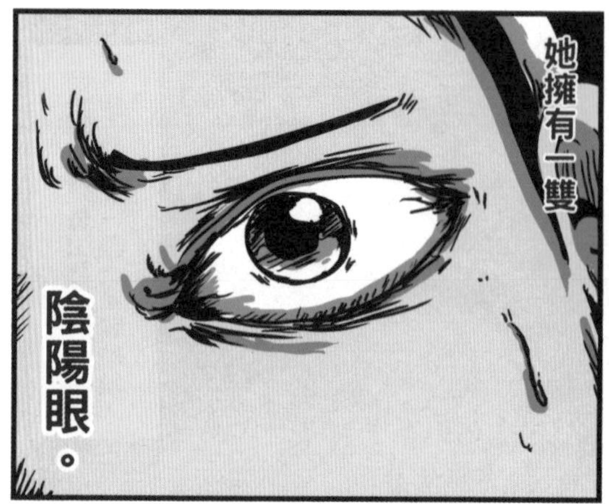
她擁有一雙
陰陽眼。

到現在依然可以看見一些不該看到的東西，
通常她會選擇假裝沒看到，以免招惹不必要的麻煩！

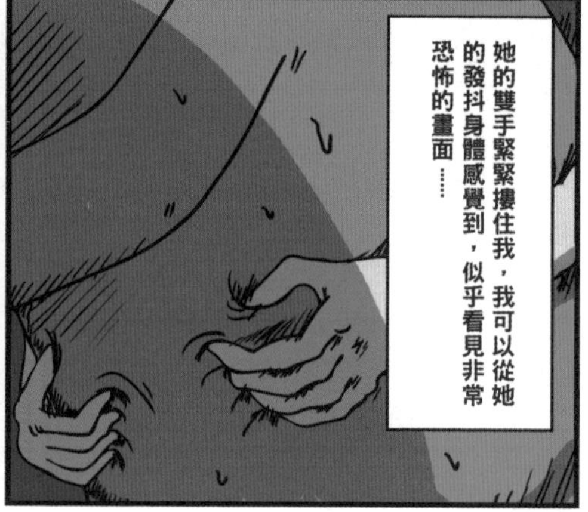
她的雙手緊緊摟住我，我可以從她的發抖身體感覺到，似乎看見非常恐怖的畫面……

我們都沒說話，只剩下摩托車的引擎聲響，迴盪在黑暗的山路上，兩個人安靜的持續了好幾分鐘……

到底怎麼了啊？

親愛的，你……可不可以騎快一點？
女友顫抖的聲音打破沉默！

就在準備要轉彎的時候，
我突然發現，

剛剛不是有經過一個下坡彎道嗎？

咦？

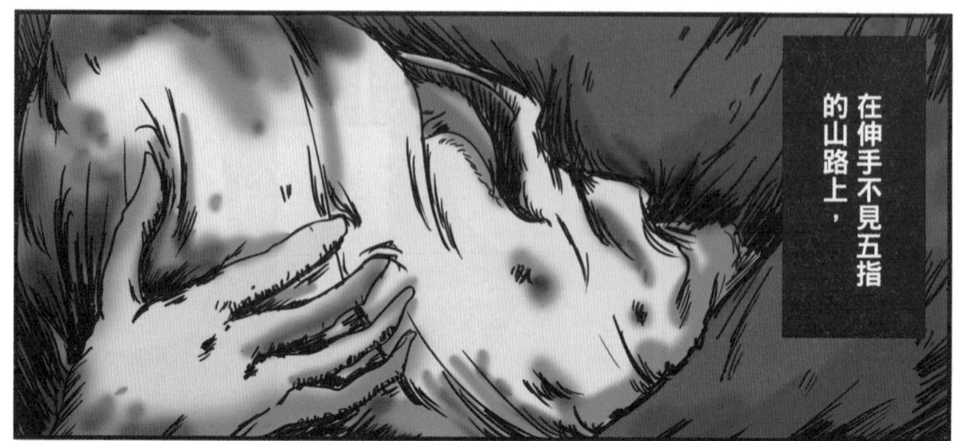

站著一位抱著
小嬰兒的婦女。

雖然不是第一次聽她講，但還是感覺毛毛的……
吞口水

而且你剛剛還直接撞過去！
嗚哦，真的嗎？我又不是故意的！

我要你騎快一點，就是因為，
她正在後面追我們……
我的媽呀！

聽到這句話，我整個身體頓時雞皮疙瘩毛起來了！

一想到後面有人在追，我更是加足馬力，整個狂飆下山路!!!

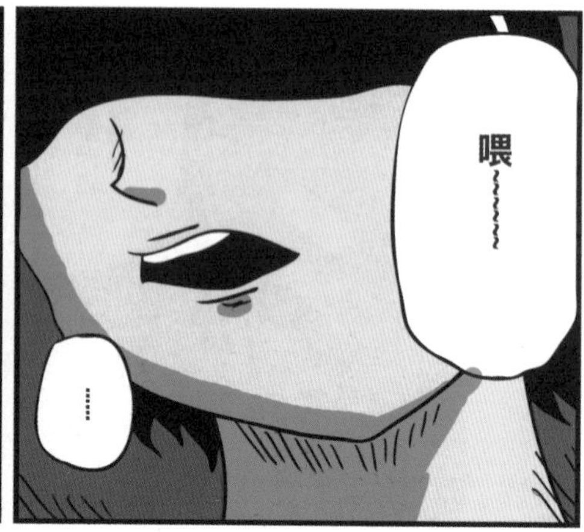
喂~~~~~
……

蛤?妳說什麼?

喂~~可以騎慢一點嗎?
……

怎麼了嗎?還是說那個東西已經沒有追過來了嗎?
我邊說邊放慢速度。

不是,是因爲……

後座突然傳出一個恐怖又沙啞的聲音……

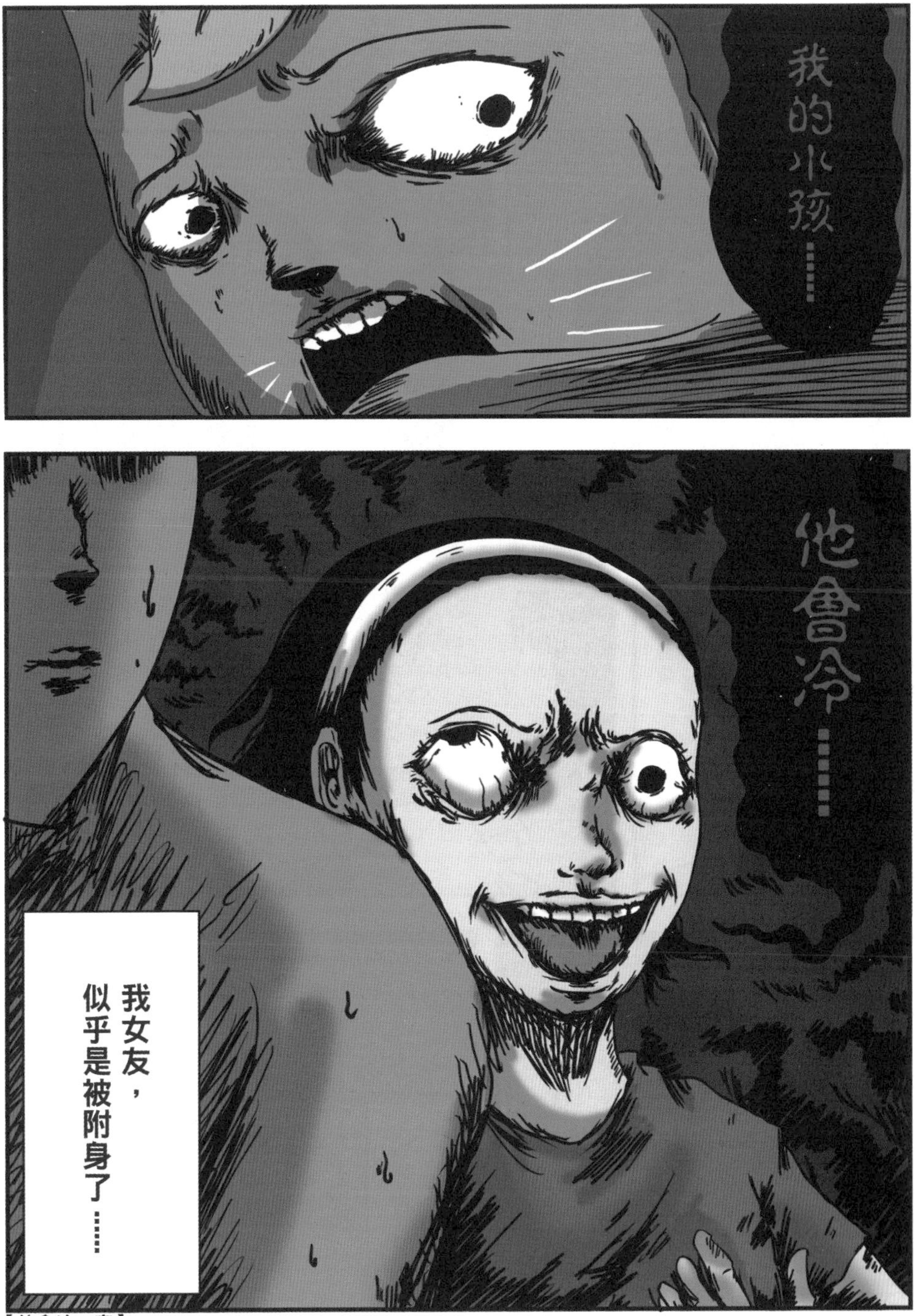

他會冷……

我女友，
似乎是被附身了……

【他會冷・完】

爺爺

這是我小時候發生的事情，我已經不記得了。
是媽媽轉述給我聽的。
在媽媽嫁進來之前，家裡還有一位爺爺哦！

我出生後，爺爺就經常抱著我到處跟鄰居聊天。
接汪刀欸乖孫！勾錐謀？

將來他一定跟俺一樣帥啦！

但是後來爺爺生病去世了。
所以我對爺爺沒有太多的印象。

事情發生在我國小的時候。
每個媽媽好像都有種夢想，

就是要讓兒子穿上帥氣的小禮服
規規矩矩坐在鋼琴前面，
然後最好在音樂廳、在很多人
面前彈上一曲蕭邦。

不過沒辦法，
我不是那塊料。

你學鋼琴學去
哪了啦？
怪我囉？

而這次的經歷是發生在我媽
以為我是那塊料之前的事。

啊！老師妳好！

我媽為了讓我學好鋼琴，特地跟我爸，帶著我一起去拜訪教鋼琴的老師。
先進來再說吧！

脫鞋！
是！不好意思！

你們這樣遠道而來，真是辛苦了！
來，請喝點水吧！

那麼先說明一下，沒有潛力的學生我是不會教的。

老師，不好意思，您所謂的潛力是指？

這個！
一目了然啊，老師！

短暫的寒暄了一下，談好學費還有上課時間，我爸媽就牽著我準備要離開。
那麼就先這樣囉，老師！

阿慢，如果爸爸媽媽忘記了，要提醒他們帶你來上課喔！
好！

不過你們一家人感情真好，
剛剛爺爺進來，也都靜靜的坐著，真的不喝點水嗎？

爺……爺爺？

老師，不好意思，您是指哪一位啊？
咦？

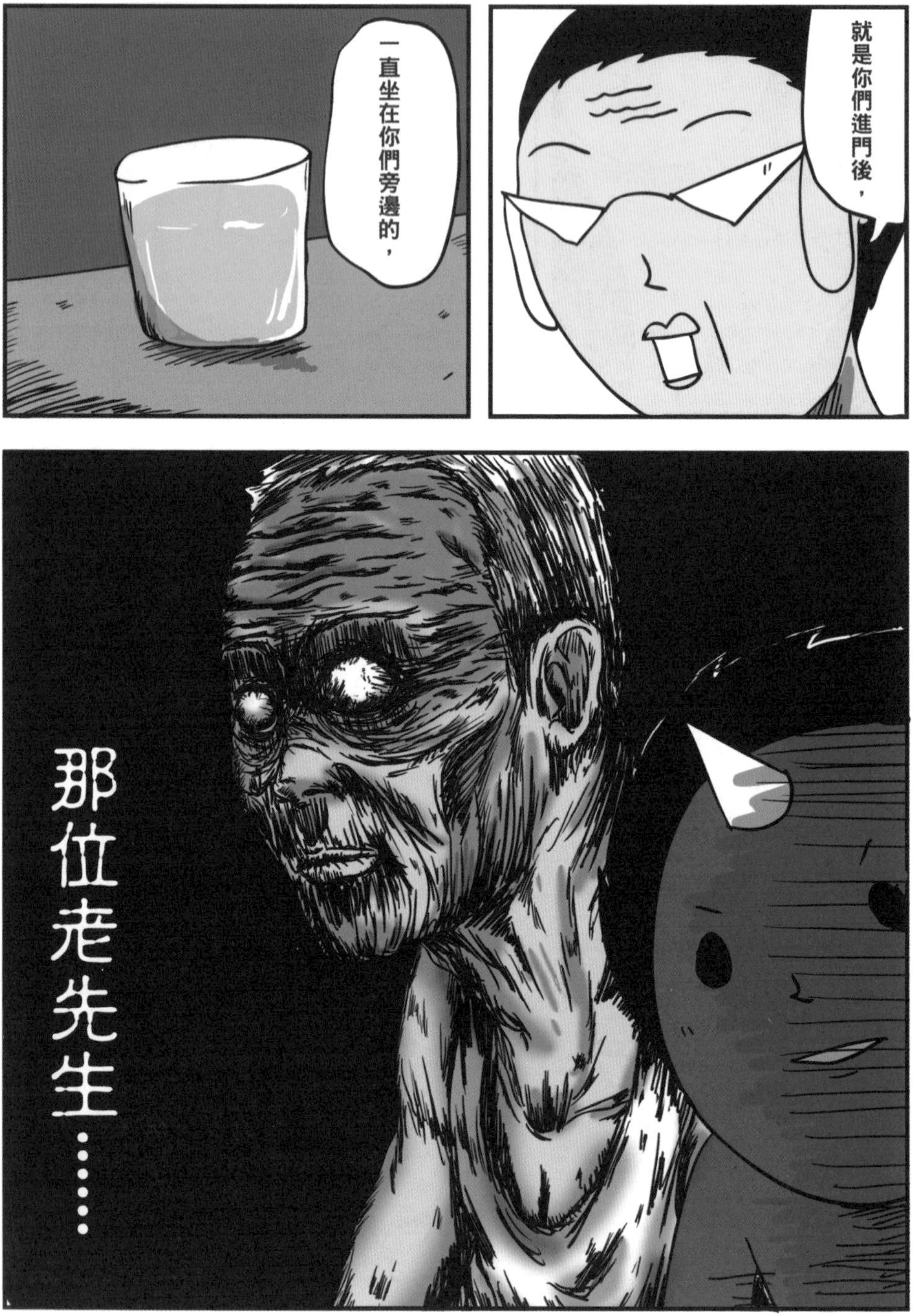

那位老先生……

當時我年紀還小，所以聽不太懂其中的意思！
爺爺有來哦？

所以一開始才端出四杯水。
大家都以為第四杯水是她自己要喝的。

當時大家都沒有多說什麼，不過我媽倒是快被嚇死了！
天壽，那剛剛不就一直坐在我們旁邊？
至於我爸，

則是感動得哭了好幾天！
爸！我就知道你還在關心你的孫子！
你是哭夠了沒啊！

【爺爺・完】

頭七

不好意思，阿慢，我遲到了！

早安啊！

哇靠！妳是怎麼啦？黑眼圈超重的，昨天沒睡好哦？
整個人看起來好陰沉啊！

昨天半夜被嚇到啊，害我睡得很不安穩。

你也知道，我爺爺最近過世了，所以我們全家都在忙著喪禮事宜。

嚇到？發生什麼事情了嗎？

喪禮期間，有很多事情要處理，一直到昨天為止，總算是安置好爺爺的骨灰。

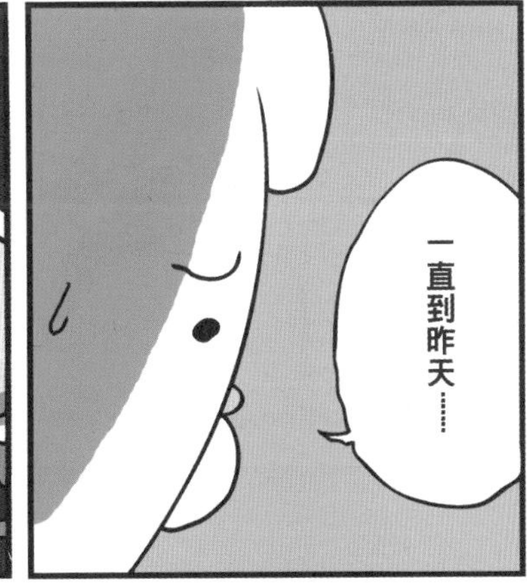
一直到昨天……

好了，女兒，剩下的事情爸爸我來用就好，妳先上樓休息一下吧！
好，那我先去休息囉！

不知道為什麼，身體非常的疲累，大概是接連幾天守靈的關係，所以有點昏昏沉沉的。

開燈

喀啦！

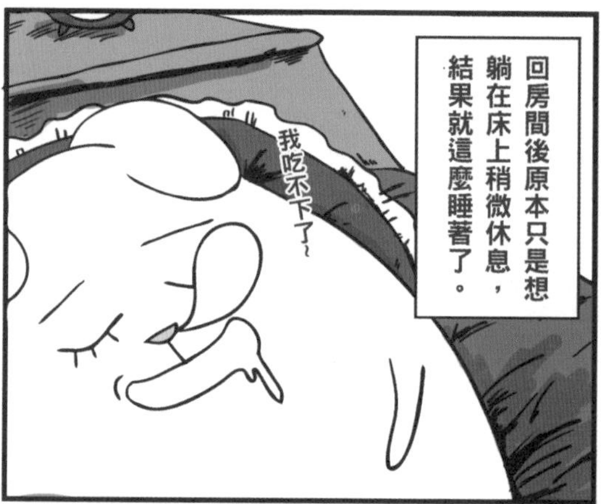
回房間後原本只是想躺在床上稍微休息，結果就這麼睡著了。
我吃不下了~

哇啊！累死我了！

嗯？

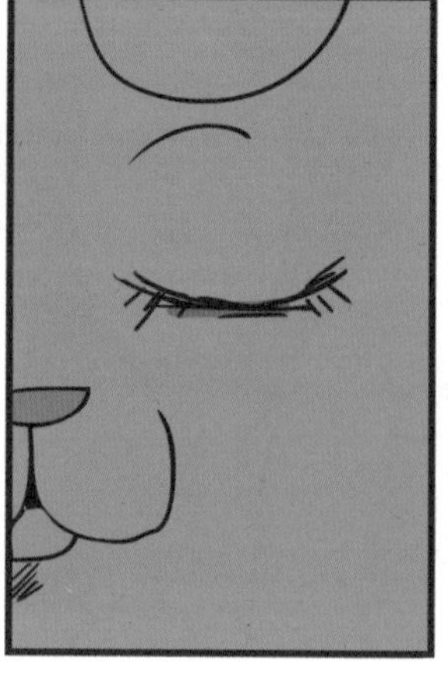

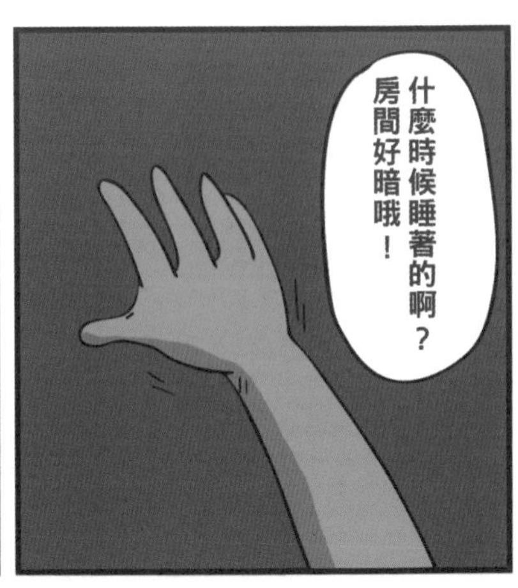
什麼時候睡著的啊？
房間好暗哦！

起身
靠腰，
已經半夜了啊！

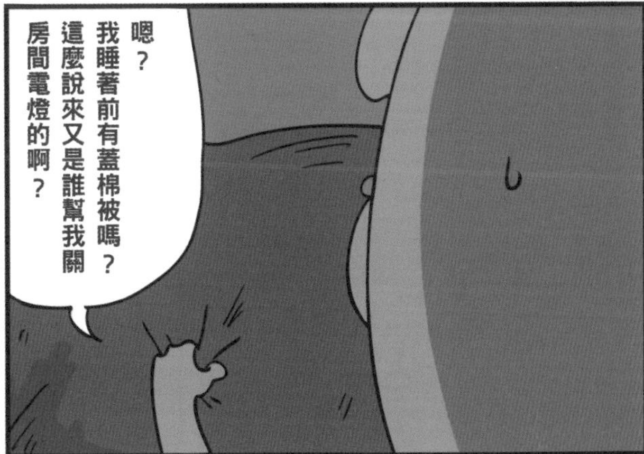
嗯？
我睡著前有蓋棉被嗎？
這麼說來又是誰幫我關
房間電燈的啊？

算了，
先去上廁所吧！

咚！

唏哩嘩啦～
唏哩嘩啦～

啪搭
啪搭

誰……誰啊？
有誰站在廁所外面嗎？

上廁所上到一半時，我忽然感覺到有腳步聲落在廁所門外。
卻沒有任何人回應我！
三更半夜的，應該也不會有人上樓，還是我聽錯啦？

突然間，我的腦海裡，
閃過了一個非常可怕的事情！
衛生紙
啪！

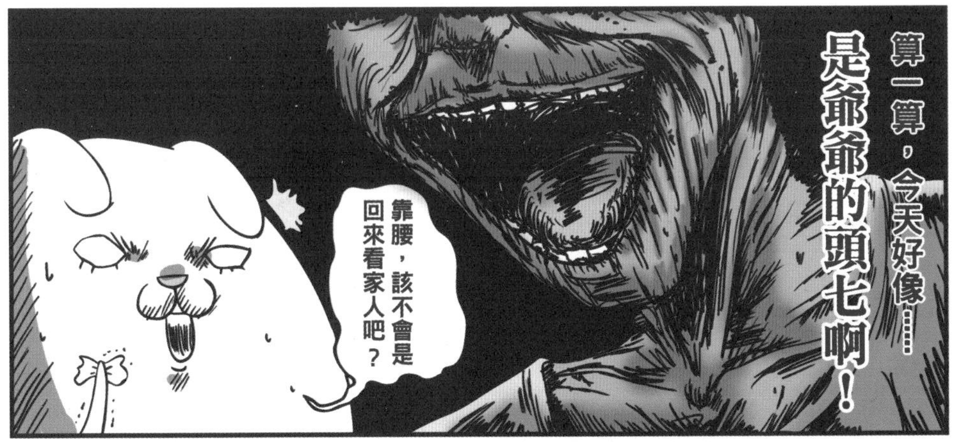
算一算，今天好像……
是爺爺的頭七啊！
靠腰，該不會是回來看家人吧？

半夜想這種事情還真有點毛毛的。

這麼說來電燈跟棉被也是爺爺用的嗎？他以前都喜歡半夜來看我睡了沒。

真是的，怎麼可能嘛！再說都是親人，也沒什麼好怕的。

嗯？

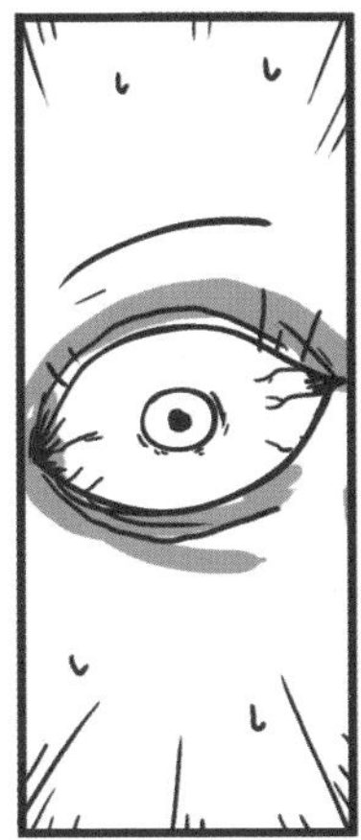

哇啊啊啊啊啊
啊啊啊啊!!!

跌坐

怎麼反應那麼大啊，
阿嬤我差點被妳嚇死耶……
我才差點被妳嚇死勒！
不要半夜默默的站在人家
背後啦！

抱歉抱歉，因為爺爺要我來
看看妳，所以就上樓來了。
蛤？
爺爺？

說到這阿嬤我就想哭，剛剛我作夢夢到妳爺爺來跟我說話。

妳爺爺穿著壽衣，在夢裡跟我說了很多事情。
老伴……

最後他跟我說，看到妳在房間裡電燈不關，睡覺也不蓋棉被，他很擔心，要我有空多上樓看看妳呀！
我醒來後，覺得很奇妙，所以才上來這看看的！

回房間後，就一直感覺怪怪的，所以就整夜失眠囉！
詭異的是，小兔起床後，詢問了家人，沒有任何人上樓去幫她關燈蓋棉被，那麼，到底是誰做的呢？

【頭七・完】

百貨公司裡的好朋友

這是我還在百貨公司上班時發生的詭異經歷，
我所待的專櫃收銀機位置剛好在店裡最內側。

畫圖那麼久，肩膀好痠痛啊~
啪

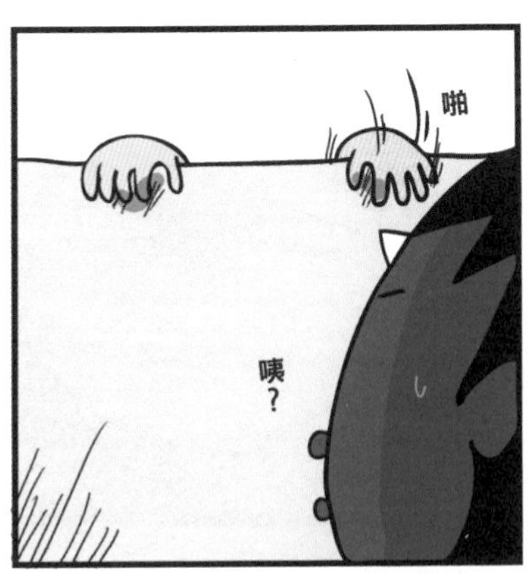

啪
咦？

阿~~~慢~~~
啊~你是隔壁櫃的同事，請問有什麼事情嗎？

隔壁櫃的同事，靜悄悄的爬了起來，
因為我們兩櫃中間只隔了一道矮牆，所以只要站著就可以很輕鬆的跟對方攀談。
平常我也不太愛跟人聊天，然而今天同事突然爬起來問我事情，讓我有點困惑。

但接下來的這句話，真的有點讓我傻眼
我不知道該怎麼說

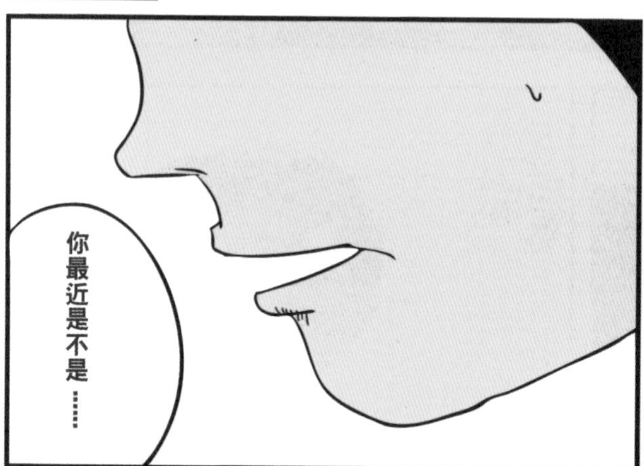

你最近是不是……

有親人過世了……
咦？

原來，他從小就有陰陽眼，可以看到或聽到很多東西。
不好意思，這樣會不會嚇到你啊？
這是往生咒！
不會啦~我對這種事都是寧可信其有的！
依照他的形容，是上週過世的爺爺來找我，希望可以幫他唸往生咒。

謝謝你，不然你爺爺身上的藥水跟汗水味，已經讓我快喘不過氣了。
藥水跟汗水味？難道是因為爺爺生病去世、加上是火葬，被火化應該熱得流了很多汗，才會有那些味道……想到這，讓我感覺有些毛骨悚然。

不好意思，那我爺爺……現在在哪裡呢？

你爺爺哦，他現在……

在你旁邊……
歐吉將~

畢竟還是最疼愛自己的爺爺，我一邊朗誦一邊誠心祈禱，希望爺爺可以好好安息，同事也在一旁結手印，邊跟爺爺交代事項。
唸經文的時候，我一直感到暈眩，不過唸完後，頭暈的感覺就消失了。

阿慢，你知道鬼最多的地方是哪裡嗎？
咦？不是墳場嗎？

排行第一的，是醫院！
再來就是電影院，
而第三就是我們現在工作的地方，百貨公司！
××百貨
墳場是第四哦！

其實從剛剛進來你櫃上，我就一直很想跟你說了。

蛤？什麼事啊？

就是，我覺得你的櫃位上……

好擠！

我的媽媽咪呀！

瞬間秒答!!

其實你在這裡畫鬼故事，他們都有在背後看哦！
不要講出來啦！

而且好像對你畫的圖也有點意見。
意見？

嗯~
什麼？嗯嗯~

原來如此！

他們覺得你畫得不夠精彩，沒有靈魂在裡面。
還說你一臉衰樣！
你確定他們是這樣講的嗎？
後面那句是你掰的吧？

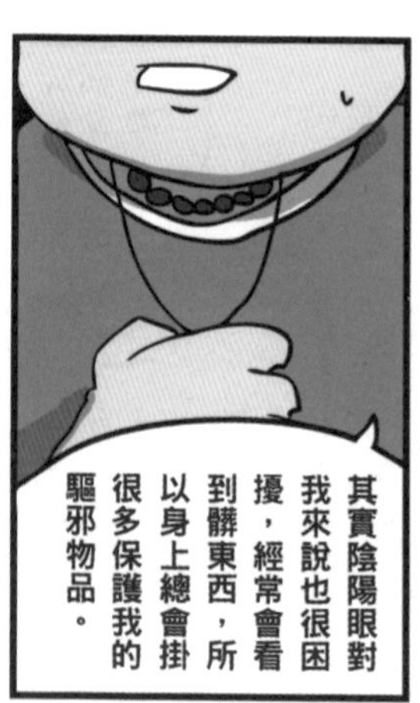
其實陰陽眼對我來說也很困擾，經常會看到髒東西，所以身上總會掛很多保護我的驅邪物品。

對於陰陽眼這種事情，信不信取決於你，但對我來說是個特別的經歷。
至於背後大哥大姐們給我的意見，只能說我想創作出可以讓大家輕鬆看的鬼故事，希望別太為難我囉（笑）

【百貨公司裡的好朋友・完】

溪邊玩水請小心

這是一件在我國中時發生的事情。
每到夏日，我就會想起這一段詭異的經歷……

那年暑假，天氣非常的炎熱，
好熱哦！
我們全家跟親戚一行十幾人，一起到溪邊玩水。

當時我國二，但是身高遺傳到我爸，已經快一百八十公分高。

與一般小孩比起來，明顯高出許多！

這條溪算是小有知名度，很多遊客或是當地人，都會在暑假來這邊遊玩消暑。

那天我們挑了一個較少人的區域，開始準備烤肉。
因為家裡幾乎都是女生，人手也滿足夠的，
這些烤肉幫我處理一下哦！
好的！

所以我就一個人到溪邊玩水去。
哇哦～水好冰哦！

那條溪流不寬，但是很長。

我沒有到較多遊客聚集的區塊，而是刻意挑離家人最近的地方玩水，

下水注意安全哦！
萬一出意外的話，家人也比較看得到我。

我下水後，慢慢走到對岸，對岸是一面很高的峭壁，
超舒服的啦～～
水溫很低，冰冰涼涼的感覺很好，一下子暑氣就全消了！

我開始慢慢適應水的高度，並刻意挑選水非常淺的那一塊水域
最深頂多到我的屁股。

咦?

從我們烤肉的地方到對岸也不過十來公尺，所以我一直在那塊水域泡水、慢走來回了好幾趟，直到一次我往河中央走時……

突然間，我被一股很大的力量往下拖！
奴噗?
水甚至把我的頭給淹了過去，整個人完全滅頂！

我拚命揮動雙手，往水面划動，
明明是可以站起來的水域，怎麼突然間變得那麼深、那麼黑呢!?

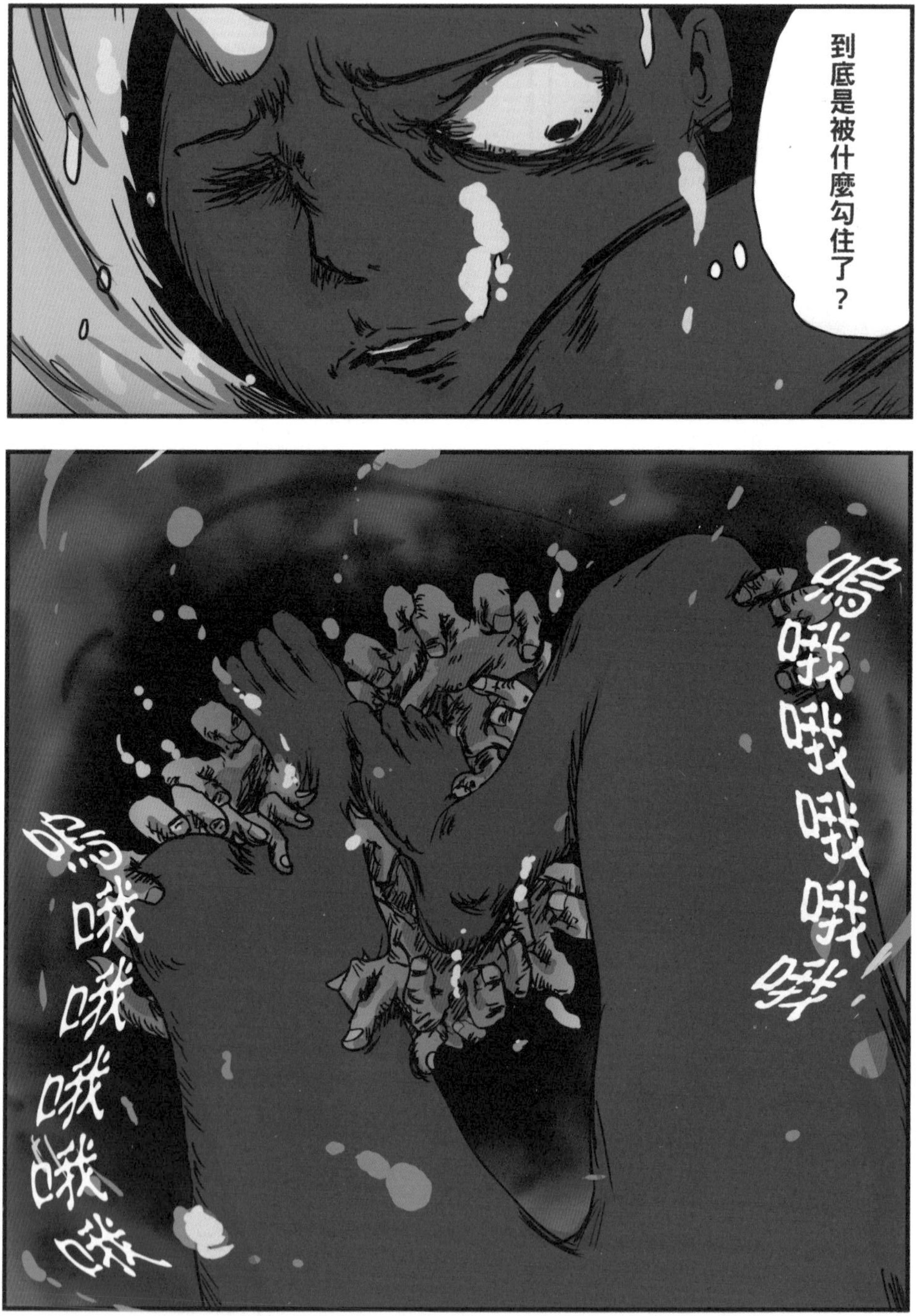

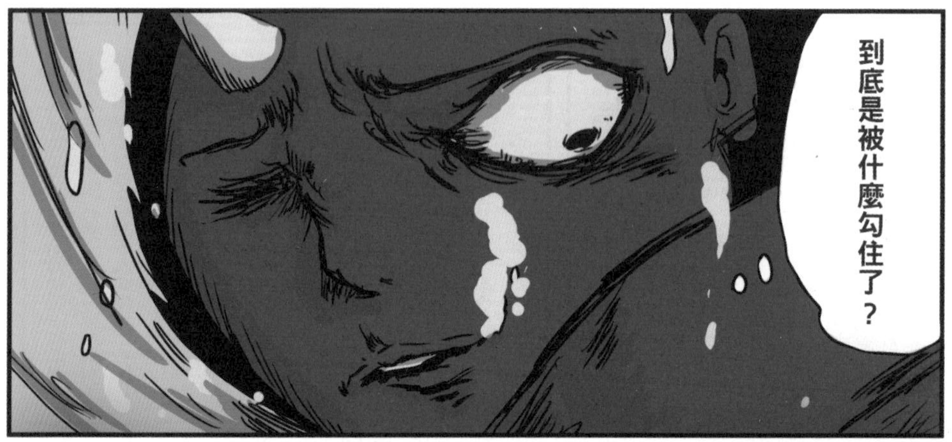

嗚哦哦哦哦哦

嗚哦哦哦哦哦

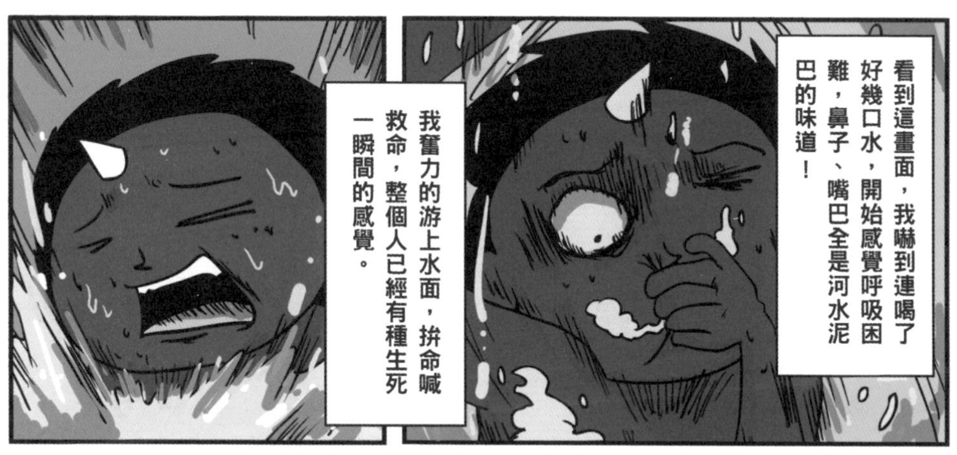

劇烈的顫抖襲擊而來，我腦袋裡只有一個念頭，

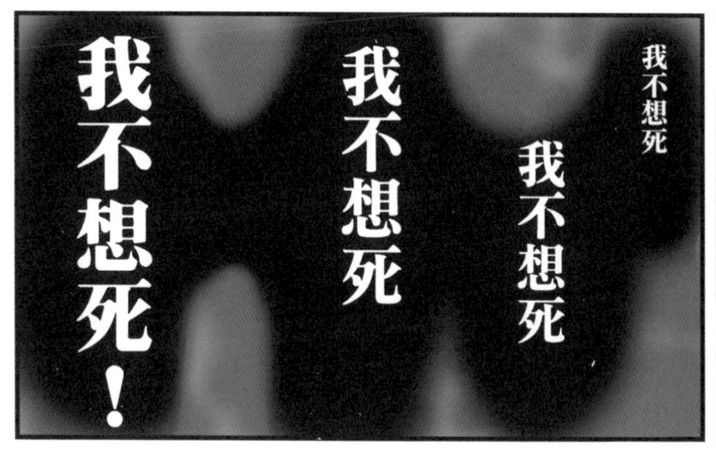

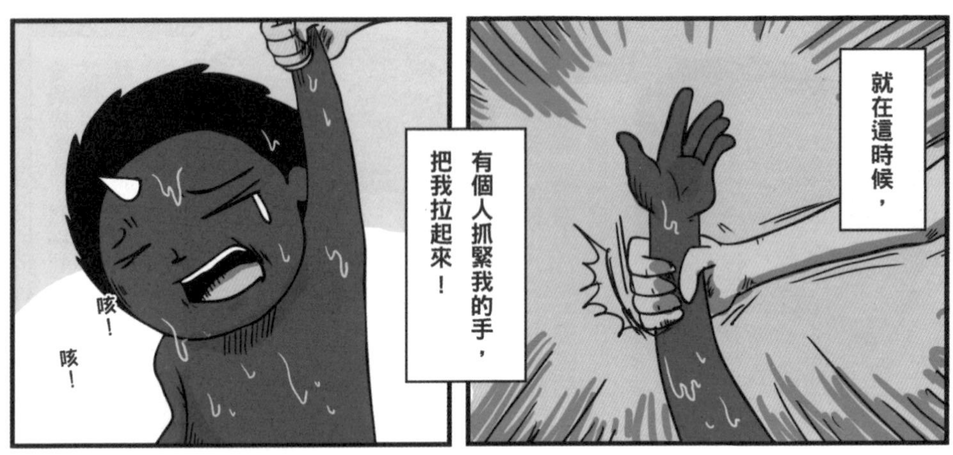
就在這時候，
有個人抓緊我的手，
把我拉起來！
咳！
咳！

等我回過神來，發現是一位也來這玩水的大哥哥。

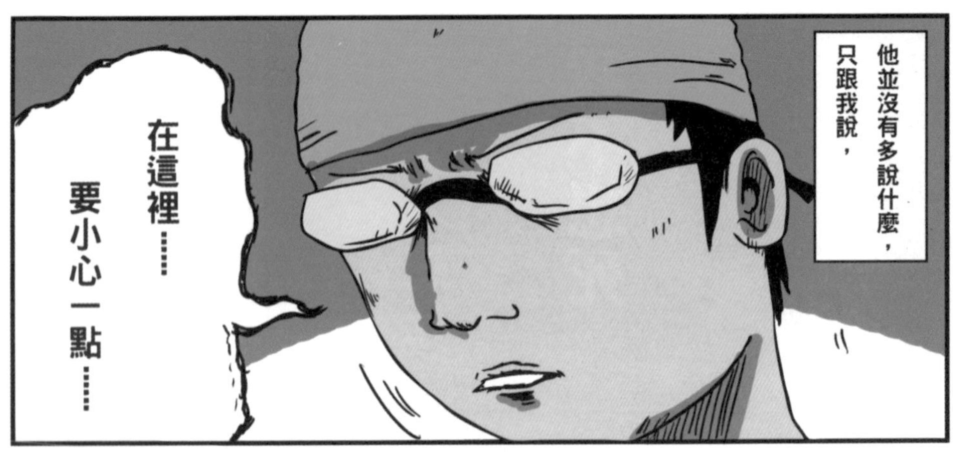
他並沒有多說什麼，
只跟我說，
在這裡……
要小心一點……

我趕緊跑回家人那裡，不想讓他們擔心。
家人卻都一副什麼事都沒發生的樣子，開心地聊天烤肉，完全沒發現我剛剛差點淹死。
你怎麼玩得全身濕透啦？

有沒有搞錯啊？我差點死掉耶！
全身都濕答答……

就這樣到了太陽下山，我們準備要回去了，

今天真倒楣……

剛好遇見那位救我的大哥哥！

當我正準備要揮手跟
他道謝的時候，

卻注意到一個奇怪的
地方！
這附近只有我們一家人，
他是從哪裡出現的？
小心拿哦！
好的！

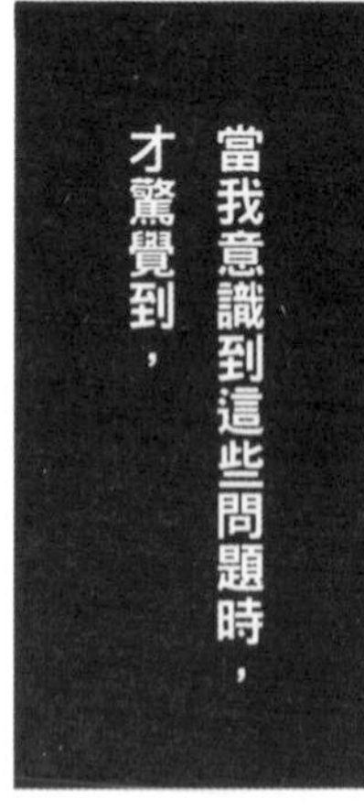
當我意識到這些問題時，
才驚覺到，

而且戴泳鏡泳帽、穿泳
褲，泡在溪河裡，
身上卻一點濕掉的
痕跡也沒有！

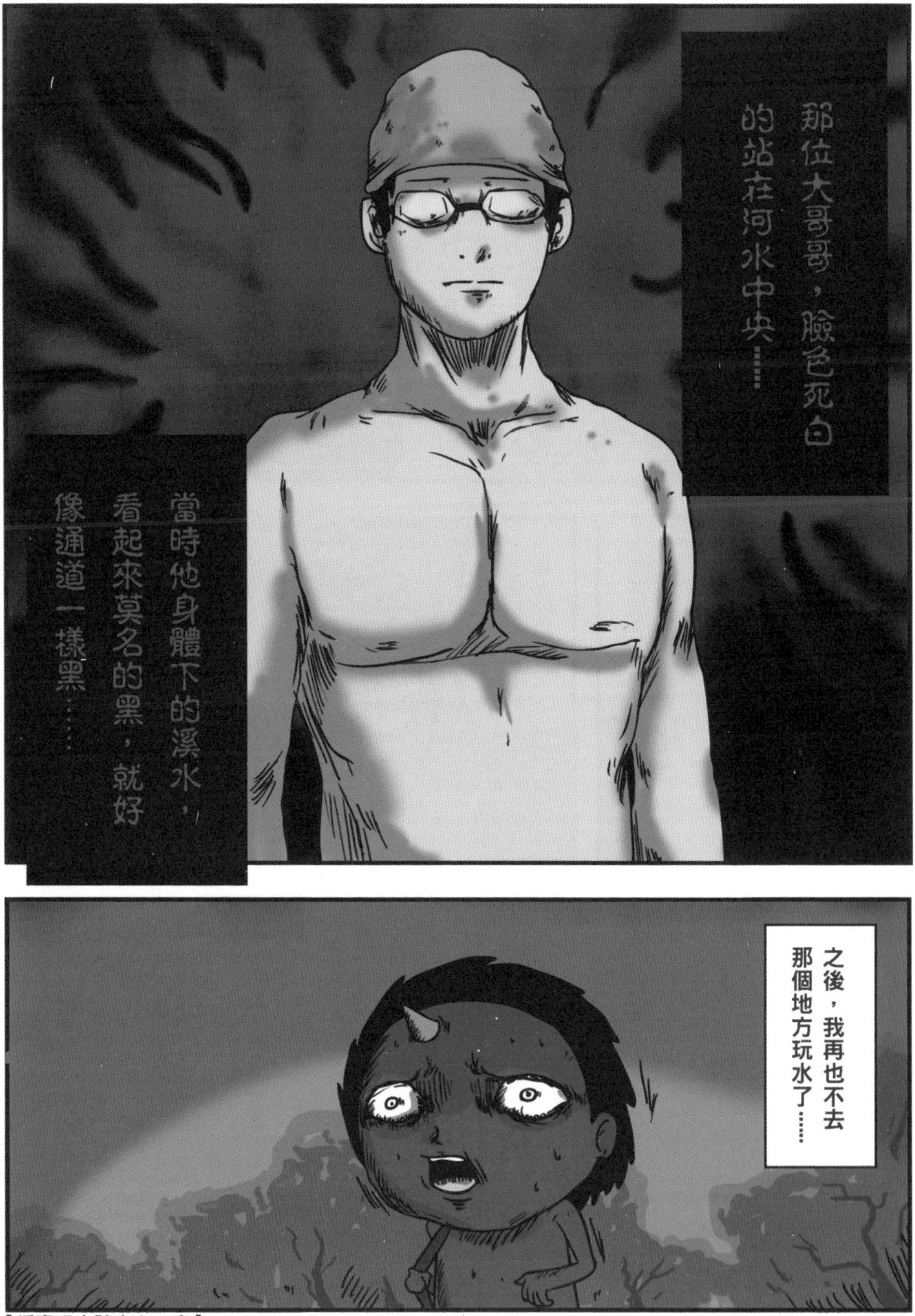

那位大哥哥，臉色死白的站在河水中央……

當時他身體下的溪水，看起來莫名的黑，就好像通道一樣黑……

【溪邊玩水請小心・完】

半夜別穿白衣服

去年的今天，我跟朋友去參加一場非常盛大的電音派對。
嗶~嗶~嗶嗶嗶~~
嗶~嗶~嗶嗶嗶~~

那場派對的主題是白色，所以全部人幾乎都穿白色衣服以及飾品來參加。
今天的派對真是太好玩了。

你啤酒不要喝太多哦，待會還要載我回去呢！

啊哈哈，說到喝太多，沒有人比得上小睏啦！

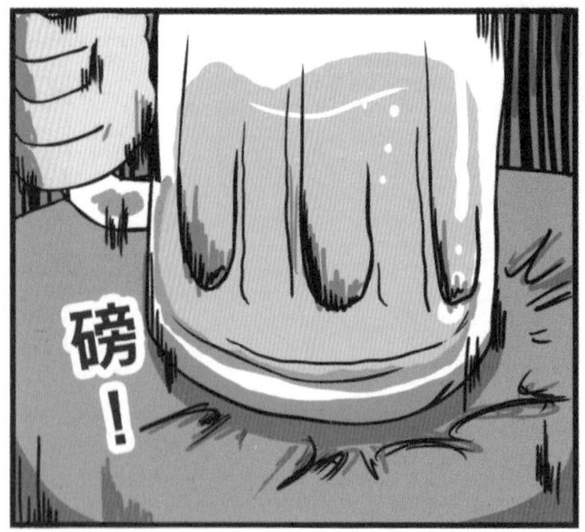

磅！

啊哈哈！
今天不醉不歸啦！
嗝！

妳一個女孩子，不要
喝太多酒啦！待會看
妳怎麼騎車。

別擔心啦～
來喝酒吧！

乾杯!!

沒想到那一天，我朋友遇
到人生中最悲慘的事件……

派對結束後，大約已經半夜兩三點。

路上騎車小心哦！
掰啦~明天見囉！

她住的地方比較遠，所以打算抄捷徑回去。

那條小路像是個森林隧道，兩旁長滿了草叢樹木，
夜晚一個人騎車，路上安靜到只剩下機車的馬達聲。

糟糕，氣氛好像不太對，我怎麼半夜還敢一個人騎這條小路呢！

再怎麼說現在是農曆七月耶！

而且人家不是說不要在鬼月穿白衣服，不然很容易吸引鬼靠過來！
淦！
今天我全身白耶！

算了，不要想太多，趕快回家休息吧！

嗯？

咦？

磅！！

哇呀啊啊啊啊啊啊啊啊啊啊啊！！！！

大概是酒還沒全醒的關係，她不小心摔車掉進下坡草叢裡。
痛死我了啦！

糟糕，頭都流血，要趕快去醫院啊！

手機沒有訊號，這下子連救護車也沒辦法叫。

慘了，車子這樣我一個人也牽不出去。

她強忍著疼痛，邊哭邊爬出她摔下的樹叢。

太好了，是計程車耶！趕快去攔下來。

嘿～～～計程車司機，這邊這邊！

計程……

……車？
她永遠忘不了那輛計程車，以時速破百的速度從身旁掃過的畫面。
結果那天半夜，她走了一個多小時的路到醫院，中途沒有半輛車敢停下來……

【半夜別穿白衣服・完】

手姬
因為躺在床上玩手機不小心掉下來砸中臉部，不幸失血過多而死的女子怨魂，經常在深夜裡來到人們身旁，伺機以手機殺害對方。

電影院裡的女人

這是我在電影院裡遇到的詭異經歷。
那天晚上，我約了女朋友一起去看電影。

哈囉～

不好意思，因為塞車，所以遲到了！
沒關係啦～

而且票跟爆米花還有飲料我都買好囉，差不多可以進場了！

好啊，不過晚上看這種電影還真可怕！

我們看的電影，是當時一部有名的鬼片，內容大致上是講述在電影院遇鬼的情節。
而且你還挑午夜這種時間看。
誰叫我的下班時間比較晚嘛，可是聽說這部片很不錯啊！
這部電影雖然有很多好口碑，但是因為上映多時，我們幾乎是到了快下檔的前幾天才去看。
歡迎光臨！

果然啊！

幾乎沒有人來看……

也是啦，都快下檔了，而且又是半夜，應該沒什麼人會來看。

要是真的有，
快點坐下吧！

大概只有鬼才會來看吧！
不要在看鬼片的時候說出這種話啦！

真是的，
講話都不經大腦耶！

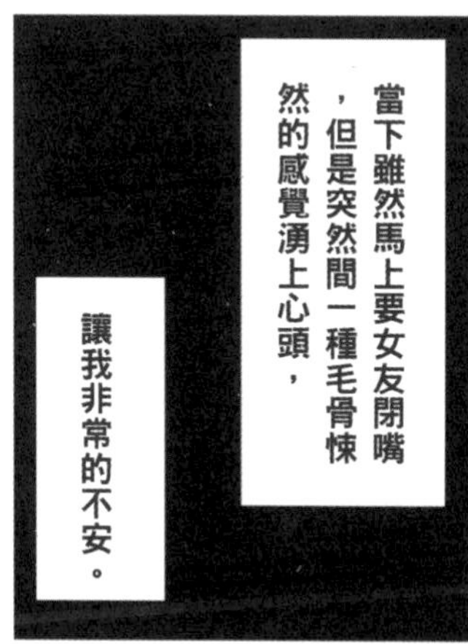
當下雖然馬上要女友閉嘴，但是突然間一種毛骨悚然的感覺湧上心頭，
讓我非常的不安。

電影開始前，還有幾對情侶陸續進場，我稍微放心了一點。
不然整部片只有我們看，真的有點恐怖呢！

幸好還有其他人來看這部電影！

不過，
他們真的是人嗎？
妳是沒別句話可以講嗎？

在女友離開座位不久後，我忽然間意識到，

我的右側，
靠近最右排的座位上

坐著一個女人。

一個人來看電影嗎？
可是都那麼晚了……
咿呀!!!

該死的電影音效，
差點把我嚇死了！

咦？

那個女人，剛剛離我
有那麼近嗎？
不知道是不是我看錯，原本
應該在右排座位上的女人，
已經變成坐在離我約七、八
個座位的地方。

大概是人少的關係，想換
到中間一點的位置吧！

雖然這樣想，但因為有點在意，
所以又轉頭去看……

噴！
結果她根本已經來到我
隔壁的座位了啊啊啊啊
啊啊啊啊啊啊啊！
難不成……

我撞鬼了！
淦！

我幾乎嚇得全身無法動彈，空氣凝結到無法呼吸，就連轉頭的勇氣都沒有！

那女人只是低著頭，默默的坐著。
嘴巴唸唸有詞，不知道在說些什麼，

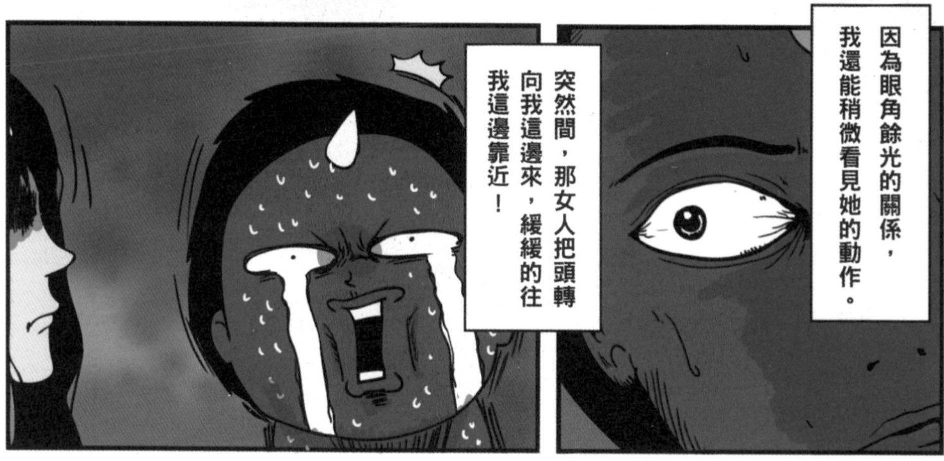
因為眼角餘光的關係，我還能稍微看見她的動作。
突然間，那女人把頭轉向我這邊來，緩緩的往我這邊靠近！

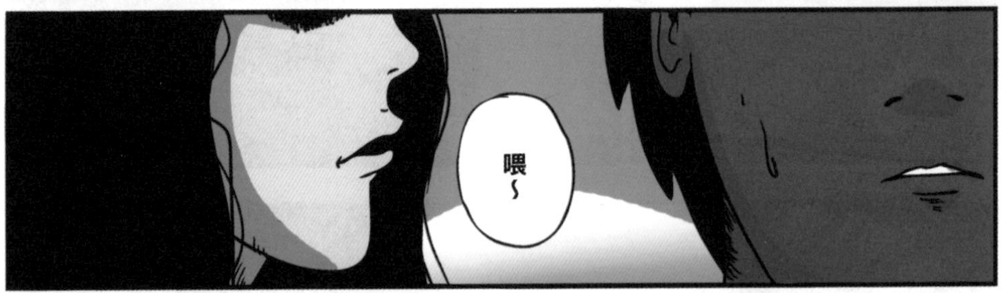

別以爲醒來就沒事……

呼！
呼！

咦咦咦咦咦咦？

你幹嘛啊？找我來看電影結果又自己睡著，很誇張耶！

抱歉抱歉！
夢？我剛剛在作夢嗎？真實到有點恐怖呢！

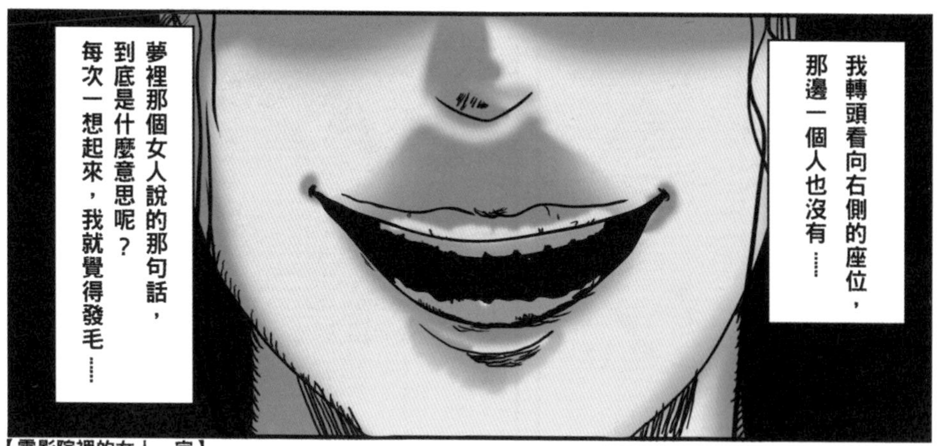
我轉頭看向右側的座位，那邊一個人也沒有……
夢裡那個女人說的那句話，到底是什麼意思呢？每次一想起來，我就覺得發毛……

【電影院裡的女人・完】

電梯驚魂

喂！快點進來，
不然我要關電梯
門囉！

等一下！
給我等一下！

現在不要搭，
蛤？
抓

這都電梯啦！
1
噗呸！

借問一下，
現在是什麼情況
啊？
不搭電梯，難不成你
要走樓梯回家哦！

因為最近發生了一點事，
我都開始走樓梯了。

因為這件事，讓我開始對搭電梯有股莫名的恐懼感……
時間大概是上個禮拜的晚上吧，那天我跟往常一樣搭電梯回家……
叮咚

待會回家來打英雄聯盟好了！

還好這間公寓有電梯，不然我住的樓層好高啊！

當時電梯關閉後，緩緩上升，終於抵達十樓的時候……

嗯？
沒想到門一打開，
外面居然還是電梯空間！
靠北，
看到鬼哦！

我揉了揉眼睛，簡直不敢相信眼前看到的景象。
探頭

這怎麼回事啊？電梯外面又是一個電梯，應該是樓層走廊才對啊？

不管看了幾次，
外面依然是一座電梯，
這讓我開始感到毛骨悚然
難道，
這該不會就是所謂的……
鬼擋牆

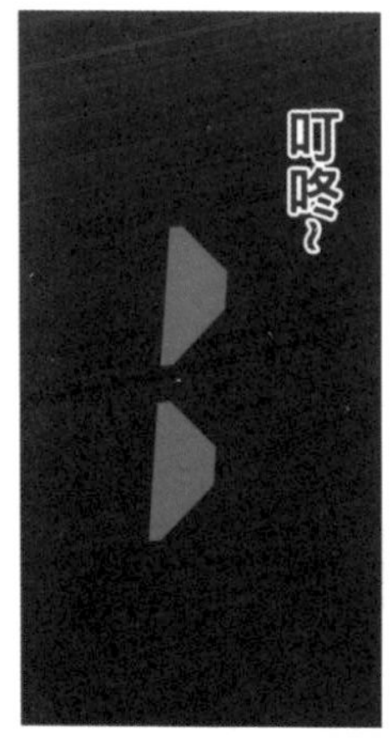
叮咚~

因為走出去也是電梯，根本無法出去，只好又回來，試著到其他樓層看看。
10

結果行不通，門打開一樣還是電梯空間。
果然不行！

23:14
試著撥打電話，但是電梯裡根本收不到訊號！

緊急按鈕也失效，一整個與世隔絕，而且不管去哪個樓層，門打開永遠是另一個電梯內部。
3
7
5

半小時後

我會不會就這樣一直被關在裡面出不去啊？
這也太悲慘了吧！

人生第一次的靈異體驗，居然是在電梯裡遇到鬼擋牆啊……

不知道有沒有什麼破解的方法呢……

對了！我記得曾經在網路上看過，如果遇到鬼擋牆的話，可以撒尿破解！
既然這樣，我乾脆就來試看看好了。

啊~~

嘩啦嘩啦~

就在我往電梯門尿尿時，突然一陣寒意掃過，我打了個冷顫。
大概是有東西走了吧？我腦中不禁浮現這種畫面。

叮咚！
哦哦~~太好了！是走廊的景色，終於破解了！

我自由啦……

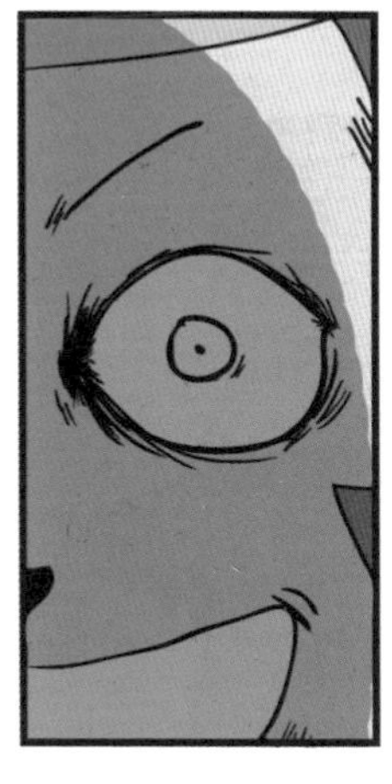

結果被站在電梯門口的女高中生們給看光了嗎？
好可怕的經歷。
對啦！還被誤會是變態！
如果哪一天真的遇到了，你會怎麼做呢？

【電梯驚魂・完】

鬼月禁忌

喂！難得大家都聚在一起，要不要來聊聊啊？

好啊，可是要聊什麼呢？

我有個好提議哦！反正現在是鬼月，我們要不要來談談，

關於鬼月裡，
不可思議的禁忌。

哇哦~這個很有趣呢！那你們有聽過什麼鬼月禁忌嗎？
嗯，這個嘛~

我聽說過，人的身上會有三把火哦！

好像是頭頂會有一把，肩膀左右兩邊各一把。

所以晚上的時候千萬不要亂拍打別人的肩膀或頭，尤其是鬼月，否則那三把火滅掉的話……
啪！

就很容易會被鬼上身！

那這樣對付討厭的人一定很好玩！
你很壞耶！不要隨便惡作劇啦！

對啊！聽說一些禁忌會流傳，就表示有一定的可信度，最好還是不要開玩笑比較好哦！

我知道的是，鬼月最好不要隨便夜遊，因為八字輕的話很容易遇到不好的事情。

而且最忌諱半夜互稱對方姓名，可以的話最好都用綽號！

還有鬼月半夜，在外面的時候，若是聽到背後有人在叫你的名字，
阿慢！
嗯？

千萬別隨便回頭！

不小心回頭後，據說都會看到很恐怖的東西，或是跟著你回家這樣！
淦！鬼月的時候還是不要出去亂跑好了！

我倒是聽過不要隨便靠牆休息的說法！

因為好兄弟們通常喜歡靠在冰冰涼涼的牆壁上。
靠牆休息一下好了。

所以隨便靠牆的舉動，
會惹他們不開心。

我的媽呀！我經常靠在牆上看書或是看電視的說。

還好我都是躺在床上看。
給我改掉這個壞習慣！
眼睛會壞掉啦！

那你們知不知道，床頭不能掛風鈴啊！

這個我有聽過耶！
大概類似招魂鈴，會吸引到很多鬼魂來吧！

因為風鈴易招鬼，而且又掛在頭頂上，
你們應該也不想半夜醒來發現一堆人在看你吧！

百鬼夜行誌

也有人說吹口哨不好，大概是因為聲音頻率很接近吧！
靠腰，好難哦！

半夜不能晾衣服的禁忌你們知道嗎？

半夜忌在外面晾衣服，
因為鬼喜歡濕氣重的地方。

不過現在應該沒人會半夜曬衣服吧，根本不會乾啊！

那這樣水邊最好也少去哦！

鬼經常會徘徊在陰氣較重的地方，尤其是危險的水域。

所以常有人說，農曆七月最好少去海邊玩水，因為很多水鬼，
在等著抓交替呢！

小時候我還曾經做過一件事被媽媽罵。

雖然不太相信，不過每年鬼月就一定會有人溺死。
今年玩水還是到有救生員的游泳池好了。

當時年紀還小，跟家人在餐桌上一起吃飯。

啊哈哈，

你在做什麼啊？不可以這樣玩！
啪！

兒子，你聽好了！

筷子不能插在飯中央，因為這個動作就像是祭拜一樣，
這樣做會招來鬼魂與你分享食物。

好恐怖哦！我爸也有這樣說耶。

他還說不能亂吃祭拜的東西以及亂踩冥紙。
因為那些都是要給好兄弟的！

感覺鬼月有很多禁忌呢！說也說不完。
真的！

俗話說，平常不做虧心事，半夜不怕鬼敲門啦！對這些民俗禁忌抱持著尊敬就好啦！

喂！你們大家有沒有發現不太對勁的地方啊？

怎麼了嗎？

我們是不是忘了一個最糟糕的禁忌啊？

一個鬼月的時候盡量別碰觸的禁忌！

你們應該也都注意到了吧？

從剛剛開始，就一直在聽我們聊天，

一直看著這本書的你……
鬼月期間，忌說鬼字。
也不要聚眾聊鬼，或是觀看有關於鬼的事物……

他是誰？

【鬼月禁忌・完】

度菇
一種恣意生長的菇類，雖然無害，但其蕈傘底下的孢子，含有神經劇毒，吸入後身體會頓時放鬆進而開始打瞌睡。

後記

其實不太會畫畫的我，能夠有機會出書真是讓我非常開心！

第一次畫連環漫畫！

看著夢想一步步達成，也讓我對自己感到驕傲，真要說感想的話，畫這本書大概只能用四個字來形容，

我好想死。我好想死。我好想死。我
好想死。我好想死。我好想死
想死。我好想死。我好想死
死。我好想死。我好想死。我
。我好想死。我好想死。我好想
我好想死。我好想死。我好想死。我好
好想死。我好想死。我好想死。
想死。我想大便。我好

有好幾次我都在電腦前面看到一條河，然後爺爺在對面跟我招手哦！

瀕死體驗!?

這段話是給你背後亡友看的（咦?）

想對大家說的話

籌畫到現在也半年之久，
恐怖風格雖然不是主流，
但希望我能成為頭一位以恐怖故事為主的圖文部落客！

最主要的原因是因為我不會畫帥哥美女（這是真的!）

感謝每一位支持我到現在的家人與朋友，
你們的鼓勵是我最大的動力，
也謝謝提供詭異經歷的讀者們，
你們的故事經常讓我半夜看到發毛！

還有購買這本書的各位
真的，謝謝你們!!!!(鞠躬)

有機會的話，我們就下次再見囉!!OwO

謝謝你鼓起勇氣，耐心看到最後這一頁，各位如果看不過癮的話，也歡迎上網搜尋「百鬼夜行誌Black Comedy」，
觀看更多恐怖搞笑的鬼故事哦！若是你有什麼話或是不可思議的經歷想對我說，歡迎來信 (hiphop200177@gmail.com)
或是上粉絲團幫我加油打氣哦!!!!

作者溫腥提醒
閱覽本書期間若發生任何靈異事件，純屬巧合……

請各位讀者，在這裡畫出你心目中的鬼怪圖畫吧！

Life系列 019

百鬼夜行誌【塊陶卷】

作　者─阿慢
主　編─陳信宏
責任編輯─尹蘊雯
責任企畫─曾睦涵
美術設計─我我設計工作室 wowo.design@gmail.com
董 事 長─趙政岷
出 版 者─時報文化出版企業股份有限公司
一〇八〇一九臺北市和平西路三段二四〇號三樓
發行專線：（〇二）二三〇六─六八四二
讀者服務專線：〇八〇〇二三一七〇五・（〇二）二三〇四─七一〇三
讀者服務傳真：（〇二）二三〇四─六八五八
郵撥：一九三四四七二四　時報文化出版公司
信箱：一〇八九九臺北華江橋郵局第九十九信箱
時報悅讀網─http://www.readingtimes.com.tw
電子郵件信箱─newlife@readingtimes.com.tw
時報出版愛讀者粉絲團─http://www.facebook.com/readingtimes.2
法律顧問─理律法律事務所陳長文律師、李念祖律師
印　刷─和楹彩色印刷有限公司
初版一刷─二〇一三年七月十二日
初版十七刷─二〇二四年六月十二日
定　價─新臺幣二四〇元

時報文化出版公司成立於一九七五年，
並於一九九九年股票上櫃公開發行，於二〇〇八年脫離中時集團非屬旺中，
以「尊重智慧與創意的文化事業」為信念。

百鬼夜行誌【塊陶卷】/阿慢著;
-- 初版. 一 臺北市 : 時報文化, 2013.07
面 ;　公分. -- (Life ; 019)
ISBN 978-957-13-5785-0 (平裝)
857.63　102012182

ISBN：978-957-13-5785-0
Printed in Taiwan